随意活着

除一 著

中国文联出版社

图书在版编目（CIP）数据

随意活着 / 除一著 . -- 北京 : 中国文联出版社，
2025. 1. -- ISBN 978-7-5190-5748-0

Ⅰ . I227

中国国家版本馆 CIP 数据核字第 2024X1E635 号

著　　者　除　一
责任编辑　蒋爱民
责任校对　秀点校对
装帧设计　西　子

出版发行　中国文联出版社有限公司
社　　址　北京市朝阳区农展馆南里 10 号　　邮编　100125
电　　话　101-85923066（编辑部）　101-85923025（发行部）
经　　销　全国新华书店等
印　　刷　三河市华东印刷有限公司

开　　本　710 毫米 ×1000 毫米　　1/16
印　　张　26.75
字　　数　170 千字
版　　次　2025 年 1 月第 1 版第 1 次印刷
定　　价　98.00 元

自 序

有人问我“写诗有多久了？”

仔细想想这个问题还真不好回答。虽然以诗诉诸文字至今有十多年，但在我心灵之中诗的发生如同难以考证的史前。只有感应和信赖，却没有定数。诗的萌发是在整体精神中孕育并衍化。诗遇到文字，只是其中一个阶段，但不是最后的阶段。分行的文字有莫名的魔力，能以最好的方式安放我的生命。那种复杂到难以申说的状态却可以托放进简纯的诗句，并且能完全让自己满意。

生之痛楚，于无声处的号叫；命运的脆弱与索取；灵魂不断的分蘖和抽穗；瞬间与永恒对生命持续的弹拨和激荡。这一切汇于语言，即便不分行，在我这里被赋予与生俱来的节奏，必然为诗。

特别是 2019 年，一场逼近死亡边缘的经历，让我重新审视生命与诗，重新焊接生命与精神的交汇点，获取诗歌的自然与独立之根。自我与世界的关系更为明晰。对于我来说，诗歌是一场自然疗愈，更是积极的精神旨归。

这本诗集，是我写作的阶段性合辑。作为自我检视：如何作诗？新诗还可以怎么写？诗人何为？这是初始之问，也是以后的探索。对于诗的写作，我抱有最开放的态度：世间种种皆可入诗。人的感受无穷。

我在诗中，诗在我中。诗在你我他和它。

目录 CONTENTS

第二辑：倘若世界没有这四个人还叫世界吗

第三辑：时光之光

第四辑：早期作品

第五辑：路漫漫

第六辑：散章

第七辑：与己书，与尔说

第八辑：一锅乱炖，难怪时间会胖

第九辑：随意活着

第十辑：截取时间有效的部分

第十一辑：再启程

第一辑：一粒尘埃的世纪之约

五十七个秋天

——秋天如镜
照出前事、今生、来世

致父亲母亲

你走后
我只能一遍遍
将枯木的截面封死
在秋天，随着我的念
完全地渗入
与你的前世紧密结合
往事依然透亮
他说我变了
十五年，二十五年
谁能不变
尽量减少怀念，人间的一个疾病
再过这么长时间，我可能也要走
但现在我来了

九月

归置差不多了
能不能成熟，与时间有关
常见的果子
有的果腹
有的成为忧患
有的从枝头
跳入夹缝，找到另一蓬勃之路
流水很长
却又断裂
分流，或静止
沉沙之畔
不经意就想起日子里的盐和糖
而水的沸腾
在眼前稍纵即逝

登高

如果没有它们
绿植与石头，及神一样的庙
大山除了空蒙
时间也是
大地之上
所有的阶梯都是虚设

“请菩萨关照它们的灵魂，它们供养菩萨”
年事已高，开始放弃遥不可及的追逐
只与高处生发关系
拾级而上，肉眼可见的坡度
落差明显

坐在庙里的人会出来吗
面对朝圣者殷切的盼望
不知道庙里的人是否也想
那些个在庙外拜神的人
攀爬了那么久
他们会进来吗

“我的君子兰每年死一次，又复活一次”

一开始，我有隐忧
温室之花能放养吗
有人回应：温室之花怎能放养！
三十年了
随着搬迁，再搬迁
跟着我辗转多次
悉心照料，并未能获得株头满花
后来，干脆把它置于庭院
随风，随雨，随光
它死去又活
一年以后，以后每一年都是
有人惊叹：谁说温室之花不能放养！

从水里来，到云中去

好别样的江湖
偌大的墓园
占据了一半人间
仿佛前半截人生泅渡
这会儿上岸，却不小心一脚踩入更深的水
一团高级黑，自底升起
拉开了一个生命的两段距离
还要漂泊吗
就这小器皿，何以囚禁半身水
半空缥缈的白云
可是来渡半个隐疾？
如果相信虚无
再纯的水也别沾
若还须飘零
不如点燃最后的磷火
该融化的融化，该蒸腾的蒸腾
后半截人生回归天空
空出半个场地
另一半人间归还人间

寄月

教一个人怀想另一个人
就给一面天，外加白和黑
月亮只是譬喻，用于馈赠守梦人
不需要盗夜之匙
只要攀缘的悬梯

这个十五最好不要焚香
除非不信神
除非不信邪
除非不知道夜行者会来

月亮可以承受亿万目光
而再深的黎明不能
今晚的天空层层叠叠
请自去梦里遗忘
留半扇虚门就好

疼

体内塞满磁铁
将周遭的破钉子吸过来
外加一只无影手
悬空拎起

獠牙锈蚀
形同多个坏人击打一个目标
并用陌生的语言共谋
让一个肉身无法抵挡
由不得后退，蜷缩
渴望像胎儿般
退回最初的暖房
而桥断路阻回不去当初

顺着落日，去找水
将身上密密麻麻的钉眼冲刷
那般灿烂倏忽不见
背后却袭来成群的虫子

一页和一叶

仿佛被鳄鱼注视
只身行于水域
绷紧的躯体
左边寂静，右边漩涡
前方有一两个小泡泡
后面比寂静更甚
水的温度其实刚好

记住最初的誓言
流水是检验流逝的唯一标准
即便进入末季
纵使独自行舟
也不会不安

锻造

秋如铁，过火再过水
最后一声虫鸣属于善言
将半身硬骨软化
烧一把秋叶，将冷铁烙红
喊一声秋风，击打热心肠
形容和誓言纯属多余
只管抡着锤
匠心打造莫过如此
每一个击打
都有隐忍与果敢
爱一个人莫过如此
过火，又过水

山间

埋骨深堆
植树得扶正
密集间孕育着静谧
一切错落有致
有人在此长眠
有人沉睡中醒来
变回幼童一点点长大
九月，不冷不热
适当的忧心无伤大雅
半月降温，半月降水
盲测月升月落
完成祭祀，结网，治愈眼疾
只为寻觅更多的谜题
时光走走停停
信鸽飞越无人区
探险者也是
迷路者也是

一路向前

一旦英才陨落
便有星辰坠空
“去路迢迢，先行一步”
一个活来，另一个死去
这时候，最好的哀伤是祈愿
三分钟低头
聊表心内最大的慈悲
顺便表达一下歉意
用此生占据了另一个我
可我无法替代死去的我
所有陨落的碎片
照样被世界收容

时光渐入佳境

介于冷暖之间
秋天更多了些幻象
洞穿世界的人
都有隐喻
蝉之将死，其壳也美
这世上有几个人能死去又活来呢
一件外衣附着
时间，蜕变，与风
而有谁能看得见风呢
它隐去潮湿与尖锐
“天现异色，必有圣者降临”
九月的冷，似乎冷在别处
似乎天色与温度都在随心切换
取心内一个抱团取暖
神可，虫也可
但，邪不可
这只是时间开启的一个模式

秋叶

“不可辜负风雨！”
更不要辜负赏秋人
对着时光的暗门
跳下去，高光点亮一道弧线
映照出虚线之梯
如夕阳般粲然
尽管它轻微，短暂
重返之路且长
叶子的一生
只是时间开启的一个模式
当叶子和秋天聚合
美可分为几个层次
缤纷
决绝
和空

有香气才是秋天

仿佛小兽在沉睡中接受召唤
显得亢奋异常
春天种植
分享着朝露，季风，枯瘦
万千尘灰指间流过
没有人在意
枝头谁先落下
深秋解梦
先拆心篱，顺带扯断荆棘
少年扛着爱的旗帜
向栅栏外燎原
到中年，才发现
自己种的
不是被自己摘了，就是被秋风扫落
唯有风中飘散的香气
淡淡悠悠

秋果

我是星辰
伟大而渺小
如若不是
又为何会自带光芒
而又弹性十足
一路抵达季风边缘
我的心坚定无比
而又甜蜜无比
关键是，阳光消逝
我还有勇气
在秋日的枝头闪烁

秋天，从一只猫开始

果子正好，不落
冬风也不来
的确还有一个人
在夜幕中的花园
用体温测量秋天
花园的一切都刚刚好
流浪猫收了九条心
刚刚从繁华退回另一繁华
它柔软的毛发
像花园里布满的声音
听不见。景观灯
抖落一路风尘
猫将骨节寄存，夜在呼吸里
偶尔路过的脚步声
也刚好穿过它

秋水无心

从池塘退回秋天
需穿过一道篱笆，三重风，九九门庭
将春夏冬搁置秋风外
如果来自江湖
那些水，这些岸
何须一步三回头，途中扬起的尘埃
带落的烟云
难怪“秋水一重重”
难怪“秋水重重重”

将进水

挂久了，念久了
这枚图腾有点老
深秋尝月
胜过中秋赏月

中年戒糖
留一口好牙打磨时光
左手抱月，右手执杯
一小口，一小口
细细嚼，一个圆
还剩一点点

劝君啜饮一杯净水
荡洗齿缝残章
劝君豪饮一瓢弱水
濯洗喉头余音
荡气完，再回肠

劝君长饮，江流水
就着秋江明月
明朝水醒何处
唇齿间，一轮红日

确信时间的存在

只因长了翅膀
一粒水脱掉七分土性
将剩下的三分扎根山巅
无数次，在梦中练习飞翔
现在机会来了
只差接受闪电的洗礼
便长出一朵白云
“证物永远高于证言”
最高的庙宇只住一个人
一个被闪电截去八十一道边的人
它注视苍穹
尘世也因它的注视
苍翠又苍古

只有到了秋天

看到满世界飘零的
都是从身体里掉出来的
这些时间的碎片
谁能喊出痛感呢
谁能想到某个早晨醒来
眼前悬崖林立
一声“跳！”
——壮士般
它们纷纷零落
同时也被定格
只有到了秋天，才看清
死亡是美
也是义务

多年前开始隐去

那一年也是在秋天
听到一种声音带走许多事物
……张扬的，喧哗的
这些个存在
曾经多么缤纷
它们的离去
令世界，顷刻间不再具有神秘感
而那个没露脸的神秘人
在成为被探索之前
想必也是探索世界的人

秋水浅

流水慢下来
一低再低
而作为时光的露点
石头纵然有强硬的态度
也倔不过谦卑的身段
正是这样的流水
适当的时候会告知，“世事不可深陷——”
并取走它们身上的重压
一眼望到底
舟楫缄默，闲坐河床
还可见，用来装饰时间的草木
它们的前世
尽是些遗落在水中的散章

树下

“不可在树下等闪电！”
闪电轰鸣，焚毁
并连根拔起
它会搬空人间的宁静

从树下经过的人很多
匆匆来，匆匆去
想必牛顿前世得过如来真传
树下安静休憩，是修行
也是远行
更何况，有不请自来的果子
三秒之后，一刻钟之内
会引人高度警觉
“我不吃苹果，我要看它去哪里”

从树下经过的人很多
当一阵风带走所有的遮蔽
菩提果便成为一种具象
虚空为境
静候有缘人

温柔的杀手

闲云播弄草木
殊不知，风声逼近
它受命于时间
跻身任意物象之间

如若目睹一把镰刀
对着一株青麦子
不必惊慌，缝隙紧密
正擦拭着刀锋

一块品尝过时间致味的铁
不会轻易失手
它对任何谷物
都有等待其成熟的耐心
使命是秋收

秋日之惑，想起一个垂钓高手

能拔出一根心弦
撩拨天空的人
正是巅峰布阵之人
秋风带来无限魅惑
不知抛出多少钓钩
空中飘荡的亿万叶片
像鱼阵
被时光的诱饵召唤
心之神往
但凭对涟漪的追忆
“心智抽空，给对方以可乘之机”
秋日浩荡而漩涡安静
面对耀眼之光
欣然接受钓钩的邀约

没有伪饰的时光

一层层褪去
当缤纷散尽
支撑草木面对天空的
终究还有怎样的勇气
此刻的裸露
犹如初来时的明亮
看看小动物们身上的绒毛
随着长大而越发浓密
也会在某个节点
风沙般地飘走
甚至将一场覆盖尘世的雪带走
全然不顾世界的隐私在光天化日之下暴露
时光的主宰者都要
让每一个子民变回坦荡之身

目睹一只猫从秋天退回星光

秋风褪尽情绪
正如这只猫脱离了壮年
世事纷繁，它虽有九命之心
此刻却像一个老人
在婴童前颔首低眉
愈放愈大的双瞳仿佛呢哝
“假如有来生——”
来生？眼里的宝石是不是要变回尘埃
世界如此安静，而人间喧闹
失聪的，失眠的，脱发的越来越多
每掉一个颜色
时间就淡了一些
不得不从半残秋池
退回星光
它卸下第八副枷锁
包括枯枝，残月，及半截寒骨
用眼里的余光切开时间
要做回前世戴罪之身

乘着秋风，去捡叶子

和你隔着一层风
要追随
也有不安
那么多的叶片谁先落下
下来时，业已完成毕生修行
“神性都在一片叶子里了”
俯身时，此微小之物
面对另一个人的恭谦
完成对他再传道，授业，与解惑
仿佛它和他
两个孤独的人
有着生生世世的默契
仿佛遇见“不是缘分而是交接仪式”
秋风只是赶来见证

出生地

到了秋天，才明白
日子里那些个重复的剥离
孤零零，赤裸裸的人
彼前的光阴只是孕育
痛感降临
剥离才是真的到来
此刻，赴死般的降生
再一次把自己交给天空与大地
在这样的天空下
在这样的大地上
滋养乡愁

在秋天遇见另一个自己

若干年
我们拥有相同的月光
拥有同一个秋天与变数
当外衣褪去，面对所有裸呈的草木
必定会找到最初的自己
你迎面走来
或者来日可期

哲人

将时空飘零的叶子追回
是秃树活在人间的唯一理由

没有谁比叶子更像诗人

吸风饮露
叠加，侧生，斜逸
收集光，也穿透光
孵化鸟鸣，也喂养鸟鸣
在尘世高蹈，踮着自身的肩头
是叶，也是页
一叶一脉
一脉一叶又一页
中年逢秋
前有阻击，后有追兵
遭遇锋芒，依然步履不停
跃入时光深处
终成真的隐士
这一去
不见三千烦恼

叶子落完，秋也过了

有根之人，却是半生飘摇
“人到中年，仿佛一粒弃子”

想当初，出生略高于尘埃
犹如穿行虚空，亦如背负虚空

叶子飘落是尘世一场盛大的烟火
从星辰回归尘埃

昨夜风起

翅膀自边界消失
取而代之是
草木在寻求风中翻飞的姿势
风中受难的人，也在风中磨砺
另一边，一度被供养的微小之物
银杏在人间布满大道
又搬空大道

更好的人

初秋凉意更具温和
人到中年
需要修复血管
品薄凉，尝桂花，
八月仰视，九月眺望
视野调到极致
接近黄昏时辰远离黄昏
人世的传说向来有待考证
关闭窗外冷月
做一个编撰的人
写好故事
照亮未来人

昙花在夜里出走

夜晚是口深井
得配置一挂白光
如果一次是一世
不如掐准时辰出走
大道如流水
一次只能走一道
鸣虫的翅膀都闭合了
最后一朵昙花自己打开
为造成偶遇
她爬出黑暗的沼泽
成为秋水岸上人

流水弯弯

水边觅食
光阴不经意就掉了进来
每一滴都开始抒写命运
一个季节的树叶被摞成几个长短句
一把风捆绑了几段流水
折叠再折叠
让天涯行脚一路弯弯绕绕

秋天的黑白片

干涸的河床呈现空白
互不言语的枯树呈虚白
唯有那枚松果
它孤立枝头，渐渐变深的剪影
划开了白光
成为秋风中唯一突破时间之境的人

秋天的树让我想起那孤独的舷梯

这满阶的脚步
收集多少，也会流放多少
那么多的迎来送往
它模仿了一棵树
上去，抵达天空
下来，回归尘埃

叶

我是草木的衣冠
我是虫子的翎羽
我是时光的书签
我是星河的光芒
我是时空的补丁
过尽千帆，沧海渡劫
我命薄如纸
终要揭下的鳞片
长大以后我又知道
不是风在吹送时间
是时间在吸食风
为把我养大，再送我上路
挂在枝头的月光见证了
我越减越多

秋日饮尽时光里的绿意

上山，再下山
鞋履不沾片草
途中叙茶，吃的是生命的嫩芽
水煮光阴
叶脉里的人
一遍遍喊着“疼！”
饮茶人一声声赞美
山岗上那些个奉献叶芽儿的树

险情重重

蝴蝶开始不安
如此斑斓的羽翼
沦为时光的补丁
针针刺过的疼
深秋还不是尽头
世界的漏洞太多
难怪风不停地吹送
那么多贴片

和解

每一个布道者
都曾备过人马和薪柴
一百零八声嘶吼
世界内部的震感越来越近
断枝与枯水，及时复苏的蹄音
就连冷风中的寒蝉
也都恰当释放了一些冥想
古籍中，一百零八个念
只有一句重复，轻轻地
“世事如水——”
任何水的伤痕都会愈合

正是一场风

担忧河流的死亡
是从夏季风开始。湍急，淤堵
日渐臃肿的河床
一旦苍老而呆滞
世事便陷入有限的估值
正是一场风，滂沱而无形
往事如梦如烟
忘却具有不可超越的神性
它宽宥时光里的一切
长河落影，枯枝败叶
沉沙与残章
它穿越物与倒影
由此而改善流水
时光之河又满血复活

秋天，抑或真相

草木和鸣虫谁先离开
除了风声，听不到任何别的
风喊一声就有大片的事物消失
秋天竟如此凛冽

因裸露而呈现的事物本色
让人有些不适
叶片全压在心上
这之前，秋色绝美
令人感到美在时间之外

那一刻，突然明白凡事不能极致
原野因风而显得更加辽阔
视野也因此而开阔
甚至能看见穿过缝隙间探寻幽境
却看不到风

告别旧时光

如果不是因为
见证树的枯败与繁华
一个人还不知道自己命中
必定要经历几次小死亡
譬如省视旧我
剥离身上的无效之光
“每个人都值得有第二次机会”
譬如远走他乡
旅途晕车，短暂的失觉
但其实是去了一次更远的远方
是须得在梦中完成的事情
苏醒是再一次告别

死亡逻辑

秋天该有一场告别仪式
如果还有一片叶子没有离开
树就还活着
如果最后一片叶子也不再回来
树就真的死了

冬季白日盛放的昙花

蝴蝶都闭合了
她还绽开
令十二月还像是秋天

秋如袈裟

多少身上揭下
又缀合多少断章
才使荒原变为良田
身披这件慈悲服
时光的背影
如一离尘老僧

风一直吹

星辰逼近
带来两个含义
它闪烁，原野闪烁
有别于一场对峙
大地何尝不是星子的向往
秋风诱它畅想
不逼出最后一滴清泪
星光不会离去

和解

越往深处
风暴便摁进体内
没有谁比自己更值得信懒
既然是命运指派
谁又能斩杀信使
何况秋风怀有杀技
困住一把刀
聊胜于对抗

枯荣有不可忽略的部分

眼前的情景
不可忽略隐秘部分
没有根须抵入尘埃
再高的光，也无法点亮秋天
离去的，不可忽视不舍的
看背影颤动，就知道
风来过，短暂停留
它不带走
声声疾徐
“葱茏亦诗，凋零亦诗——”

路口

远离草木
远离落叶挤占的人间
不必担心
时光往返
在走出秋天之前
找一个多次找不到北的人
一起拖着
一辆精心收藏的老爷车
穿过狭窄的
沙漏一样的路口

确认

落叶的阴影
有着认命般的安逸
更多人踩过
证实时间分崩离析
故事的结尾满是伤痕
残缺一直是美的极致追求
嗯，达成共识！
令人在悲悯中
略带慰藉
但很少有人听明白
“欲知后事如何，且听下回分解”

趁我还活着

预演一场葬礼
三杯清水冲洗我的鞋底
过滤前尘往事
二枚树叶还沾有复活的梦
一声“走好！”
恐怕仅剩最后一个日子
为寻找真相
我已穷尽一生
明日随风
亲人，请对着我
然后对着前方：
笑，笑，笑（重要的事说三遍）

空隙

秋风过尽
可控的事物依然有限
前事在左
来生在右
我正穿越当下，睥睨生死
“此地甚好！”
暂且把对抗放在缝隙之外
过去与未来，这种对峙之辞
是一个人的两端

众生从来不曾平等

整个秋天
写光了树叶
写光了鸣虫，特别是蝴蝶
又写光了河流，逼退星辰
我却还活着
彼时，我便不再相信
“佛说，众生平等！”
在人间，无论风霜雨雪
我依然好好过着日子
仅凭一颗平常心
不经意
就为所欲为

年年有今日

想多了，就觉得漫长
就像这个秋天
我回想了一生的秋天
今日五十七，年年有今日
来日方长
来来来
众生裸呈，迎一场豪雪

刹那归零（组诗）

正月寒霜我抵达人间

如果不是这一声破冰的啼哭
竟不知时间尚有锋利的一面
我曾是逆鳞的鱼
在一方水潭练习唤雨呼风
被流星卷入深空
无数个前世，向月亮借来弯刀
砍去歧路，只顺从一个渡口
众星闪烁时，望见尘世的黎明
时值正月寒霜，照亮我来时路
脱下云履重返人间
我接受时光的刺青，和岁月的文身
手起刀落，割断脐带
割掉与前世相连的影子
寒光之下，升起一场浩荡的雨水

二月，众声苏醒

故土安寂，万虫不鸣
适合引发一些骚动
或一场暴动。配置一块生铁
让孤寂已久的老牛开局破土
这双刃的利器
一面侧斩旧火，一面翻出新土
利刃之过处，青青草纷纷倒下

刚看到二月萌芽之声浮世
却有一些消亡
让我在尘世开始接受生死
学会忽略一些细节
并签写生死契阔
不迟不早到来的鸣雷
唤醒了故乡清冽的众声

三月，脊背开出花朵

鼻尖上有些春风
脊梁也有些春风
撒开脚丫，聚拢心内的平衡
奔跑的速度略小于惊雷
半截流水尚未过境，而桃枝
已呈现《诗经》的意蕴
故乡的脊背开出了花朵
桃花是乡愁的碎片
反复离去，又纷纷
被截返到三月
此时，春风不度，天色明清如典籍
我喊她书上的小名如唤醒一滴心痣
一个手势就招回她远在周南的前世

四月有佛

麦子未熟，小满未满
我反复祭奠的亲人，四月醒转
给我怙恃，教我读书的父亲
转世成文殊师利
将般若经卷雕刻于青莲

满腹经纶的人，毕生不为稻粱谋
遗世的小儿
于初八返回人间
四月便有了一次相逢
他忙于穿行，采集，为蝴蝶安插翅膀
我顺理成章爱上养花，蓄水，截句
将屋顶镂空
盛接不请自来的生词
一个人，自如地来去，穿梭于时间之外
偶尔与亲人面世而坐

五月有毒

沉积的湿毒潜入泥土撬动了五月
蜇虫破土上树，看人间斗草
交出祖传发簪
换回一株五月风吹来的菖蒲
时光一寸九节
每一节都白水浸泡，文火煎煮
我不是水命是火命
为了将一枚蝴蝶养大
不惜将自己
节节植入水中供幼虫恣意取食
时间的发条一紧再紧
崩断前，瞬间松手
五月的毒素，便自人间脱落
一声雷鸣
顺势将我渡过潮湿的人间

六月光阴福

基于对五月的信任
把后背交给它
纵使有万年的梦想
也无法策反一粒太阳。就这样
决定在六月克服天性
挖出深墙内部的蛀虫
置阳光下暴晒。要么死去，要么
涅槃成蝉鸣
拔出混迹于三十七摄氏度里的寒气
写光明帖。诚邀石像共赴前途
廿九日，万事皆宜
可一边祷告，一边合掌
将这个日子牢牢扣在手心，每摁紧一下
掌中的虚无就会按照你想的模样
活过来

七月的情诗

半生啃鸟啼，练就登天绝技
来时，将天空之境一再缩小
一年一度，逢七月，初七在银河架桥
分雨，取星星煮爱。在人间
万众举手歌舞，对北斗星顶礼祈祷
众星宿一齐面朝人间，每一粒星辰
皆有族谱，并派送配偶，万物盛开
火星西移时，将天色多出的部分擦黑
夏花绚烂之后及时凋零
好比日子的碎片，随意逝去
久居丛林，爱上穿越

无家的人与白云争回故乡，在空中
一手养莲，一手戏耍撩云的鸟鸣
雨滴不再从眼角溢出
她穿过丛林，纵深跳下悬崖
子时已过，伯劳匆匆东去，燕子西飞
鸟儿们宁愿忍着揭尽鳞伤的剧痛
也要将鹊桥相会的人，送回各自故乡
去时，路途一再放长
来日也一并放长。星辰，渐如豆灯
而董永，依旧不老，织女不老
造爱的人分批老去

八月，底色苍茫

每一个命名的日子，都是
拉开时空窗户的密码
三百六十五天，只取其中一枚月亮
这枚月亮比我先抵达人间
仲秋之夜，営造爱情的人
穿行于纸上与天空之境
嫦娥佑护你。那悬于天上的月亮
令我虔诚，将一颗时刻搏动的心，系于苍穹
夜深沉，露水浓，白月苍凉
八月，一面夜空深邃，一面秋声寂静
45 度仰望，潮水高过眉梢
而月亮的一生，挂满了人间
让我在地面看见了自己的前世与来生
我突然想在八月转世，只记住三个人
孔夫子，月宫伐桂的吴刚
和燃灯和尚，他们是八月的人
而我，也将会被所有八月的人祭奠

九月，我想念的人悬在天空

一生要穿过九双鞋，分冷暖
踏破芒鞋，抵达九月
提灯之人前来照水，赠菊，后背拔剑
我想念的人，有几个敌不过一场秋风
被悬挂天空
遥望时，须蹚过三重风两重光
且将风声折了又折，雷电与蝉鸣折入空水
波纹折成愁绪，旋涡折成渡船
空中泛舟，浮光深处，和遗世的亲人偶遇
赠渡劫，诉说中年险境
设九月的山峦供雁阵飞越，并播种羊群
大雁和羊群隔空鞠躬，互换白云和山峦
这一换，竟交出了半生途径
山岗有凉亭，有薄薄的露水
有异乡客踏秋追寻古意
向陌生人致谢，饮菊花茶，与他们平分秋色
平分日月的虚实
之后，封山，关闭羊圈
蹬上云履，与想念的人暴走天涯

十月小阳春

远方的蝉，去更远的远方
走完了秋天，将愁绪设置成静音
键盘敲动，惊起一匹野马
无意间激活了春天
放低溪水与烟囱上的薄凉
袒露出双面斜坡，一面是尘世的顺心

另一面逆水行舟。草低处，宜取鱼
十月的牧马人在芦荻上稳站一生
将体内的枯墨流放
放几个修辞去天空，啄食白云
将汉字里浓厚的黑与天空的柔白交换
赎回温暖成十月的春天
剩余的蝉蜕用来修补破墙
十月底，放虎归山
放逝去的亲人回到神灵身边。留一扇门
供乡愁进出

冬月孤寒

小寒与大寒之间，流水举步维艰
天空启动雨雪模式
拆出时间纠结的部分，造七级浮屠
筑完十月宫殿，谢土
放出植物里的水，一目千行
冬风说来就来了，按时令纳畜牧养
赶着羊群移徙他乡，且看青牛越河过溪
如此的风，一路西行，见悠悠南山
为落叶奔丧，为尘世重新置产
择日作灶，见炊烟怀抱黄昏
举杯，饮尽一枚日头
天空这第一朵玫瑰就此渡劫
再升起时，已是青莲
十五饮水，月落杯中
喉间有鸟飞过，有兔子飞过，有雏菊
矮下去又升上来
为十一月全部的种子更新气象
有美少年用蠕动的喉结写诗
抒写人间佳话。卅日子时，心怀戚戚

我莅临人间浪掷虚词

突然十二月

大雪换尽时间，换千里光明
换屋顶明亮八百里
白粥一里，体内有八千里路盐和血
发稍上，十里白雪，用来交换梅花
“白茫茫大地真干净”
初一向月亮借刀，雕刻江山
向太阳借十五的王位
将两个人隔空共生的腹语册封成诗行
解前世的迷阵和来生的未知
十二月，安炉，立鼎，煮流经的水，祭云上的神
册封尘世一匹脱缰之兽，为十二月的恋人
身披梅花，立雪，练剑，尽收腊月寒香
将剑刃的白弧悉数收敛。于落月未央取一钵光
洗净树叶中的大寒，养在深宫
浮白便漫到十二月的岸边
水一轻再轻，由孤马带走
扬尘擦拭最后的履痕
十二月，梅桩上刻寿，雕完一圈年轮
换下一个来世认领

闰月，尘世不可或缺的部分

此时，不再养莲抒情
只说说尘世衔接的部分
逆流的河水，悬崖上倒生的鳞片
蝌蚪转成鸣蛙时的几个昼夜
蝴蝶破茧前的一段黑暗

烟灰弹入天空的弧度
寄居露珠的昆虫之声
镜子里另一个我的眼神
候鸟踩出两地间距离的折返
惊慌失措的 2012 年 12 月 21 日及其他
一个又一个擦身而过
唯留在地上碰撞的影子
最后一枚树叶
啃着冷风，在秋风枝头
支起信念的菩提
她说在原地等你返还
钟声响起的古刹
菩萨打盹时偷长的光阴
我不抒情，但抒情的风撩我长发
发丝染上几分岁月的颜色
一年的第三百六十六天可供穿越
哦，此刻我词穷
借名言为证，时光荏苒
刹那归零

定稿于 2019 年

一粒尘埃的世纪之约（组诗）

每一粒尘埃都是横空出世之星辰
每一个伟大的生命都将回归尘土
每一粒微尘皆有凌霄之志

（一）小小的我

起各种小名
寄托了神的愿望
也饱含着自己的梦想
小小的我
也是小小的你

如光，如露，如风
时而翔飞在辽阔之野
时而落于草尖
帖附于任意可见之物
更有甚者，小小的我
有时候钻进自己体内
去荆棘丛中寻觅一束光

似有若无
以变幻万物的姿势
行走世间，穿行于透明的底色
如若在星空找到自己
悬挂便是玄机
透明亦如临渊

（二）化身

作为麦子之前
它是隐士
在成为隐士之前
它曾是斗士
一把土硬成砂硬成铁硬成时间的杀伐与抵挡
这之前
它是蝴蝶
风中折断的羽翼
化为水滴洒在原野
大家都说它是练家子
后来有人看见那些水滴
又化为星辰

（三）退回尘埃

从水滴里挣脱
绕过头顶
从天空退回大地
暂且忽略对水天生的感应
广阔天地
只需一粒尘埃的立锥之地

（四）未知

与闪电
差一根火柴点亮我
也可能差一个想法
还可能差一个转身

或者只隔一层玻璃
但其实
我和闪电
只差一个对视

（五）转机

世间翻飞
每个人都会有几次机会
“死亡只是个开始。”

有人掉下悬崖时
另一个人梦游见到现场
那天被雨水打湿
七天后，开出了花朵

这个春天，有人说：
“过得太幸福了
还须历练。”

（六）这家伙厉害了

终究有一天
要和自己会师
四面八方的我
全都出洞了
每一步都在逼近自己
虽然还有一段
看得见而够不着的距离
我还是有信心
抵达是认证

特别感谢算命先生给我卜了一卦
“你是要独自完成的”
这家伙不是神
就是我脑子里的虫子

（七）闪亮亮的尘埃

——写在 57 岁生日

正如此刻我
执须芒草
以制止光阴的流逝
五十八到一百零八
与我，作半个世纪约定
试问？一粒尘埃
可否穿透时空
后五十年的旋转
从闪亮
到极致璀璨
“这一刀，切？还是不切？”

时间拨回前五十年
七岁的我
因算错一根手指
错觉只在一瞬
指上的火苗顷刻熄灭
命运之弦在一根虚无的手指上
另一番弹跳
那时候我不知道
生来如尘
我以为人生的起点
只是手指的加减

这便是“七岁看老”吗
现在幸好我还未老

五十七个秋天已过
时间竟掉下一片寒芒
切开掌纹
血肉顷刻间化为尘末
指尖上的火焰
毫无预兆地熄灭
我目睹自身的血光
似乎一个神谕
而这一天
正是时间的分水岭

此刻我信
割裂是另一次联结的神机
是启合
我亲眼看着自己开裂与愈合
玄幻般的生死
与死生
像一部剧
我作为亲历者
有了全方位的目击与体验

现在看来，残剑与断刀
已不能雕出流转火彩
是时候逃脱时光的酷刑
远离一切利器
特别是
像光阴这样的钝刀
只与草木相依

守满眼青绿
到了这个时候，时间已不噬血
一株草，不是来斩杀日月星辰
只对一粒尘埃
作多面闪亮的抛磨

时光开启旋转
原本定式之尘
唯有光芒可以放大
在缩小中
无限放大
每一下都克制
每一下都不浪费
每一下都宛若绿植般的隐忍与阴柔
一粒闪亮的小石子
到另一粒极致闪亮的更小的石子
一百零八面
时间梵唱
尘末儿萧萧落下
五十年太短
只争朝夕

念亲恩（系列）

幺女

雨落之前，我潜居河畔
想起很久以前，你提走一串鸟鸣，说去去就来
世界安静，我还小，小得不懂挽留
一阵风拂过，继而收我为风
我燃烧骨骼，撩拨三尺长发，照你走过的水路
风到之处，有你呼吸的波纹
在水中，将两段愁肠浣成轻纱
波光尽染舟楫，和琴台
你有备而去，画下十二道流水
并让我醒在子时做赶夜的风声
今夜，我将自己唤作小九，排行末尾
你拨动古琴命我挥霍旧时光
纶音骤响
而你，也该集三千宠爱奔赴于我，是你的幺女

（2005 年初冬）

父母

从四岁开始
我便知道
父母用来想念

到了四十岁
我方明白
父母用来怀念

清明祭扫

彼后
但凡见到的光
都会出现你们
我的念想是彩色的
青山明亮
植物茂盛
花朵漫过香草
故人因先人
在墓园邂逅
“你们的也在这里吗？好好好！”
彼此真心欣慰
随后别过
这山里终归要来
我等且随长风一游

青山

青山不仅用来赞美
还用以思考
怎么死去
又怎么活来
偶遇野花丛
成为否认前生最深情的依据
这山里
便是最踏实的归宿

爸爸，请你转世

不敢睁开眼，怕你再次走开
黑蝙蝠就在身后，黎明也在身后
春玉米沙沙作响衔来几只小鸟
燕子又回到咱家屋檐营巢
凝视片刻，还是想你，爸爸
请你转世
让我再充当一回唯一
把你安放在我最贴心处
好让你永不消退
有爸爸，心不苍凉

在窗台放一枚星星，为你点烟
不想用半轮月亮
就把你送到异乡
那个远方曾落下错觉
你以为可以成仙
我则以为人间真只有半世情缘
露天抱团取暖的人都已散伙
各自上路去找前世情人
既然我是你前世的情人
爸爸，请你转世

那些往事无法用余生空白消化
想你时，额头会有些霜雪落下
落地之声叩动梦乡
对不上暗号总令我再陷悲伤
我焚香，催促你快快转世
世上宠爱女人的男人有三个
爸爸，儿子，和恋人

你想做哪一个都行
爸爸，请你转世

你离去，令我多次与自己两败俱伤
寻找你，我眼里蓄满两潭哀愁
芭蕉叶抖下几滴水
我陡然停住脚步，聆听，辨认
追溯雨中传来的节律
爸爸，只要你转世
咱就能与多年前的屋顶相认
将那些旧时光
都幻化成月光，斟满你杯盏

我的庙宇

五月里启程
母亲如山岚中的庙宇
收容了我

路途淤积的虚火从心上退去
母亲额前的烛光
使我不再局促，并学会
接纳比我先来的人

后到的人，似乎和我
有着与生俱来的共同使命
我们在庙里发愿
虔诚默建着某种信念

风起时，烛火渐浅
母亲的容颜已嵌入影壁

我的寺庙显得有些荒凉

我蓄起长发，将自己挽成
庙宇前的一株长青藤
在母亲的笑容里
静默，攀延

母亲

她总是在一旁，像卫士
看着我们进进出出
她又像一个精心的管理员
把生活每一个细节
都归到合理的位置
六月，母亲换了一个人间
将我们安置在明亮部分
然后，她回到屋顶阴影处
像隐士，消失于我的视线
她已不再像过去那样辗转反侧
我也不再听到母亲用一瓢水
将一个黎明浇白
以几声咳嗽就将夕阳吹落
我痴痴地，等她缘着梯子下来
后来，我就开始相信
母亲在返归故里的路上

祭

大病之后
山水越发颠簸
冥夜之星

幽闪苍白
对某种隐匿的逼近
有着灵异的敏感
小兽在夜里狂吠不止
掀起的巨浪之下
母亲如一粒沉沙波澜不惊
体内的水分渐渐抽干
只剩柔软的毛发
与坚硬的指甲
“这样空间就更大了”
说着，从未远行的母亲
着盛装，由盛夏出走
自驾命运的齿轮

姆妈

还是盛夏
姆妈说“很忙”，就走了
灵床上的躯体
映照一粒尘埃
化作这一世的虚影
那一刻，我明了
从来处来
到去处去
踏碎虚空
好从容！

念秋姨

繁花归于沉寂
云彩呈现疏离

气象告曰：今日有雨！
风力趋于零级
似万般雷霆沉寂
鸟儿驻足塔尖，仿若安逸
墓碑默立低处
俨然一张不再兑现的契约
逝者与生者，签署实名
楼房拔地而起
与塔上之鸟契合
在布满迷雾的节气里
化作灯塔
投宿墓地的人归于安然
她与人间，仅一墙之隔
而我，也曾梦里几回
相挽行走幽径
与前世，与来生
交换最深的孤独
世间有缘之人须不告而别
昔日的容颜，留与
水做的女子，将水声划到天明
多情的露珠
已转为善睐明眸
见山见水皆显露明清之意
反复抒写家书
依然道不尽相逢三十六载时光
昼夜辗转
纸花与我渐入醉境
同饮今日雨水

闻香识母亲

需穿越夏天，穿过麦田，旷野，小径
回到庭前，庭院飘香

母亲命中的香气是十月的丹桂
她饮尽历朝历代的凯风寒泉
聚得清冽而悠长，软绵而祥和的香气
对母亲的祭奠，我把它搁在前世

问我七日前在哪里。在树下等母亲
九月，秋风送爽，母亲该盛放隐喻了
又问我七日后会去哪里。回到树上
临界暗香。学母亲
在一棵丹桂树上吸吮寒泉，咽苦吐甘
做个香馨弥漫的女子

那一世，桂花和蝴蝶，萤火与星空
我和母亲，磷火与闪电，依依作别
十月初，当我再来看她时
桂花的软香钻入我的肝经
继而抵达身体的每个角落，驱除了孤寒
禁不住，随着她的舒展，伸了一下懒腰

寄父书

附在纸钱里的经文
和青烟一样缥缈
记不清天色是否因你离开而改变
只记得那个深秋的子时
一束寒凉贯窗而入
又匆匆抽离
然后开始安静
你过了完整的一天
留下另一天完整的开始
似留下了秋收的果实

而驾着风转身
你重复说“好了”
似梦的呓语

后来我才明白
“好了”就是好了
在人间业已完成
离世，是另一种启程
关于你
和人间
深秋是分水岭
风一样飘零
落叶一样隐遁
从浓烈，到静谧
以至于后来我不停地记录
延长共识时光

与父说

多年以后
时与空，还是不能重合
我和你，也还不能重逢
再深的时光
也深不过你的前世我的今生
现在我正在你走过的路上
自觉遵循一个方向
眼前即远方
我执着的
正如当初我抗拒的
你做过的事，说出的
及未说出的话

都在我的心头打着响指
我像着了魔似的跟着

广场

头顶怀想之镜
但见父亲摇着纸鸢
笑容犹如高空丽日
将手中的线交由我
情同交接生命的火炬
逾过城墙，鸟儿越飞越高
我的线，越拉越长
广场继而向四方伸展
尘兽悬于高天
兽骨支起锦绣
碑面刻满诗文立于轴线两侧
它们同时光比肩
将天空的虚线落实
光阴便呈现一条奔腾的途径

车站

人潮裹着风声
挟来准点的班车
地面投射赶赴之影
半生行囊搁置脚旁
久别重逢的喜悦
滤洗着风尘
从故乡来
我们又去往故乡
父亲的额头已染霜雪

他说，再出一趟远门
去听听山谷里的回声
一列火车长啸而来
用力将我推进车厢
而父亲的班车，停在深秋
奔跑的车窗拽动着鸣笛
隔断了山水

我的英雄

手握兽骨，父亲是
一匹骁勇的战马
执杖的英雄，策马跨出林间
追逐太阳
此生从未停下脚步
纵横于时间的节点
砍去八方雾障
将九万江河，十亿光辉
及析出的一身嘶鸣
都拓进了松涛

愚人码头

潮水撵走了
晚年的咳嗽
父亲说：“好了！”
白帆便割开了水天
桅杆披挂最初的旗帜
泊船再无辗转之意
满目潮涌化作白莲
在水与岸之间

随意飘荡
捡一枚卵石
坐定时空之上
开始修补光阴的漏洞

星河

世间万物皆有药性
可父亲，唯独饮下闪电
向天空星驰而去
我在河边舀着落日
水中已无险象丛生
云上褪尽了黑与白
星子映照初出容颜
天河之畔，没有沙漏
他玩转天赐之物
无鞭之牧人，甩出两手空风
一边牧养星子
一边拔出雷霆
向尘间泼洒几多火种
我在水中，拆解纷繁的星辰

第二辑：倘若世界没有这四个人还叫世界吗

你，我，他，和它

（楔子）

倘若世界没有这四个人
还叫世界吗

你，我，他，和它

并立苍穹之下
头顶是前世来生
脚下也是
神的仆人
低处待久了
通常都想反手杀到高位
三个人轮流上阵
轮番搏杀
无奈神的身上有个
永久的自动防御装置系统

如此甚好

世事原本分类
只因各种冲散
才有了混合穿插
就说此刻吧
是来时
也是往昔
间隔的时间可以任意长短

冲散的事物
照样被时间的魔盒回收归类
再放逐离分

你和它

掌握技巧
将自己安上翅膀
以避开火焰
和黑光
而你忽略它是飞蛾
它也掌握一部分已知的答案：
生而赴死！
关键是
对光的误判
导致你和它
互为阴影
又互为干柴烈火

他的名号

称呼不重要
关键是临时起意
背负一生愿景
往上数三代
到他这里
该有个转机
这种事最好不说破
取个小名冲淡一下
出名之前
根据心愿取各种名号

端端正正上祖谱上户籍簿
得写正名
倘若有一天成了通缉犯
所有用过的名字
都得标注

她走了

她比我小一岁
我当过她的眼睛
这个早晨我咳了一声
呼吸道竟然开裂
可见她的脚步有多重
这一次她不需要用眼睛照亮来路
一步就跨了过去

时间和我们

时间久了
他们不再认定我是坏人
可我早就不觉得他们是什么好人
再后来
我不在意自己是不是坏人
也不在意他们是不是好人
只在乎我们是不是正常人

它们和它

按时令归置妥当
多出的衣裳
分发给裸躯者

大地如同窘迫的柜子
“多少事物在最后一步功亏一篑。”
那些死了的
据说后来都脱离柜子
回到了天空

他问

“那么天空是不是也很拥挤？”
对一个据说是科学的结论提出质疑
听说人死后
灵魂会在空中飘二百年

我的疑惑

一旦问到我
重要的事都不会被放过
彼后我时常摸着脸问
到底是在空气中穿行
抑或是在灵魂面前撞来撞去呢

于是我

眼睛看到的
限制了想象
一个道理非常浅显
意义本身毫无意义
“伟大的作品总是要经历千锤百炼”
这是误导
世界上一切都是真实存在
的虚无

只需真实表达

我的午梦

喊“抓贼！”的时候
有个人正闪过我
我没有接触过任何赃物
也没看清那张脸
只见那双眼睛里逸出纯真的明亮
照耀在我的床头

我和它

它叫“冬美人”
投缘时光的肉植
也和我投缘
遇到我
它便开挂
不知不觉中
落地的叶片又回到枝上
老桩沧桑巨变
伸出数不清的触须捻着光阴
我归拢它
又似乎我什么也没做
它自成天然之美

我们

说出来你可能不信
不论有多少分身术
其实人类只有一个脑子

因为有个先来后到
又要忙于一日三餐
有时候出个轨偷个懒撒个谎什么的
就忘了跟上脑子

她的现在

她说“我没懂，能给我讲讲吗？”
我想说“不用讲，以后会懂的。”
就好比目光穿行时
玻璃是迎面撞来的风
风来如相见

两面它们

星辰有两面
未知的里面和已知的外面

谎言有两面
别人不信的那面是真的

硬币有两面
一面壮胆一面前路未卜

一滴水有两面
头顶星光熠熠脚下是腐朽的气息

他也有两面
读史的后面和幻乐的前面

他们和我们

为我们推送
美丽的毒药
肉眼不见的病菌
还配送丰富而诚挚的表情包
对我们的蛊惑
他们可算费尽心力
而我们习惯于
让他们自由进出

离家出走的人

这一走
得赶在天黑前回归才不易被发现
由此而意识到
至少可以挪动原有的时空魔块
回来以后
令别人看起来没什么变化

此刻，和他俩

你好，老聃
你好，关尹子
当初你们谈论星辰与道路
我作为一滴水
被大地蒸腾
被雷霆打压
追着你们
那时候你们都知道
天空和大地

没有高低之分
老聃真的厉害
骑过的牛
头顶的云
如今都成为圣物
甚至说“无为”
亦开启了世界正门
听说昨日有几个肆意妄为的家伙
折断了一生道路
这事儿在预料之中
想必你早知道
关尹子是我的前世
两千多年
我都忙于化身
只为当真传弟子

我

给三个字
我能编成一首诗
给一个字
我能写一首长长的诗
比余生长
无论将文字文句
或是将我打碎
诗得凝聚
我才能死而复生

你和我

见字，安好

你试着忘掉我吧
别再企图分裂我
因为我
正在闭关修炼聚合术

他俩

一个是疯子
一个是傻子
俩人同龄
听说俩人都是小时候生病脑子坏了
疯子没有父母也没亲人管
似乎没人见过他发疯
但凭他一头乱发
像捣烂的鸟窝
那身辨不出原色的行头
特别是他半蹲半跳的走姿
远近的人断定：他是疯子！
他每天出来都用手指夹着东西
半截儿烟蒂
半截儿零食
小半瓶饮料
那些东西只要他上手就从没掉落
除非他自己扔了
空出手
接过别人另外给的
总是有几个固定的人每天给他点东西
让他唱一曲
疯子声音很有范
80 年代流行歌曲几乎没他不会
他走过

便一路嘹亮
一路拽
似乎他觉得
自己蹦哒的每一步都有意义
唱出的每一声都特别认真
且他，特瞧不上傻子
尤其见傻子六十岁还拽紧老母亲的衣角
尤其见傻子六十岁还总是不说话
每当疯子逗傻子
傻子极速甩掉鞋子
用脚趾随意夹起小石子
稳！
准！
狠！
砸到疯子身上
然后归于沉寂
疯子从不还手
只是呵呵笑，带有不易察觉的仁慈：
“是个傻子……”
后来有好阵子没看到他俩
路上生出莫名寂静

我俩

互为鱼刺
彼此鲠在时间的咽喉

她和它们

她是我
也可以是诗的影子

这世界上任意事物
可致她滥情
和它们建立任意关系
并收服它们
同时她明白自己因何热爱
又因何无忧无忌

我和她，还有它

我是她
她还是她
—— 我的每一丝魂魄
我召回前世今生
吐出几粒鸟鸣
自时间森林
这过程
我得一次次确认
飞回来的每一只
是否重逢

我和他

他是我的父亲
给我取名叫慧
我后来给自己取名叫愚
是为父亲不在的时光里
我也能获得平衡

我和我

我看到了诸多可能的自己

这一次终于回到故园
身上有一枚叶片即刻落地
即生根
即发芽
即长成与我一般大小的肉植
与我慢慢变成老桩

问它们

嫩芽问蚯蚓
蚯蚓问烟尘
烟尘问露珠
露珠问草尖
草尖问落日
余晖问壁虎
壁虎抚触伤痕
它问“断尾是引子吗？”
时间一到
春风得意吹拂
屋顶落下的鸟鸣
是不是都会长成肉植

他和它

吸收了时光里的灿烂
它浑身金光闪烁不染风尘
他谋划已久
作为钓手
喜提一枚鱼中黄金
何况它还有个名字叫“24K 黄金达摩”
获得它

是他的极致目标
他调动一根细线
将它从急流深处
一点点引过来
提上岸
一系列操作完之后
将它放在地上
他伸出一只脚
测量它的身长

她叹

“我虽然不怎么好
可也不怎么坏
别人活几十年样样顺风顺水
我却什么也没有
就得了个坏病……”

你的时间成本

对于大多数人来说
人生就是一个回本的过程
倘若你被禁足
且是雨天
是否跟自己聊聊天
喝杯水
你之后出门要完成的事
已经在屋里完成了一部分

我的时间成本

倘若这个下午
因我的慵懒而流逝
我会觉得生命亏损了一个下午
至少我应该笑一笑
绽放一下免费的美丽
至少我应该放空一下自己
以便下次积极应对时
能够迅速有效地投入

我的方向感

我不爱读史
导致我容易放弃旧事物
至于故人
我将它们化解于时间坐标的原点
顺手将灰烬里沥出的一粒假牙
丢到身后
我并不关心它是否成为时间的舍利子
只对未知的未来生出了然

他们和它们

世史诡异
温良之人
获得不受约束的权力
随后变成猛兽
读史者内心满是扭曲
但也止步于
喟叹和唏嘘

譬如焚尸炉剩下的金子
譬如光芒透出人皮灯笼
有人谈论人体脂肪可制作去污的肥皂
有人对着白骨谈论美学

他的平衡术

两座花园之间
需穿越斑马线
三者成为他的一部分
这段人生重点在于规避风险
避开风雷
避开墨镜
避开病毒
还要关注盲杖
一旦过度关注而错过六十秒
干脆停驻
再细看往来的车水马龙

她，他，还有它

“香妃变成蝴蝶飞走了！”
谎言惊吓了一代帝王
蝴蝶是爱情变数
男人也这样
朝思暮想着
自己能变成蝴蝶
想象虫子的演练
在低处旋飞
闻闻花花草草

他和她的黑白边界

———赏一帧黑白照片

他提着白光的左手
坚毅沉稳
将她揽入
环出一道爱情弧线
正当他和她
合聚的黑
成为更深的黑
填补两个人之间全部缝隙
天空一抹白光
斜打在他和她
即将携手转身的地面
圣洁般映照

缘

之于另一个人
不是被需要
或不被需要
离得开的
都是非走不可
来过就好

之于世界
是存在
或变成另一种存在
放得下的其实都不曾失去
那天送走老姨
众亲戚共聚一堂举杯畅饮

大家都很感慨：
“好不容易聚在一起了……”

她们和你

即使天空布满暗沉
即使窗内一张脸堆满了岁月沉渣
加之涂抹着诡异色调的心脏
依然臆想一枚月亮
吟诗作赋
再目送你
回到昨日起点去追风追日
然后她们用整个白昼粉饰自己
到夜晚
分头扮演那枚月亮
续演隔空缠绵的戏码

那月亮真如膏药

涂着黑乎乎的药汁
真如一面膏药旗布
被闰二月的寒风剪成
一小块儿
一小块儿
贴在他风湿的心上

自由

此时你
已进入世外山水
宛若时间虚拟者

变色龙

进入山林
怎么变
你都是小昆虫的杀手

重生

眼前的山峦
都是前世被恋人啃剩的肢骨
春风送暖
春风送爽
若有生

想起忽遇闪电那一次

闪电打呼噜时是安静的
一旦醒来
就咆哮
它总是寻找撞击物
以示自己强悍
上天慈悲
有时候让它稍作休憩
但它终究脱不了咆哮攻击的本性

自由

敞开门
让风和兽吠穿行而过
婴孩搁置地上

迎风生长
向阳开花
让苍生听见
“——！”

他和我

和他共度的时光里
他至少九次搅得我兵荒马乱
何奈我属猫有九命
每一条命皆归于坠劫
还把向上的空间留作渡劫

我们

谈论善恶
我们达成了一致看法
与生俱来的事物都不能卸载
不如将命中的一切归置
从恶，开头容易结局难
从善，开始容易结局更易
二者有共性
坚持的过程皆不易
算下来
从善略胜一筹

我们

左手清风
右手琴声
撤下心上火

眼睛里蓄满泪水是失控的美丽
我们说好了
活着的使命
让人活着的时候说话
并让这些话
留给每一个活着的人

他和她的不可侵犯

不能羞辱女人
就算用一朵花
或者你手指弹过的风
也不行
试想她是你的她

不能羞辱男人
另一个女人会痛
也可能有三个女人会痛
生而为人
可能他和她们正是你自己

我们，或雨水

从未停驻
也从未停止制造险境
对于未抵达的远方
如果愿意
我们天各一方
然后殊途同归
在同一条河流

为人间打个广告

忽略滤镜和传言
你一定要信
这尘世山水喂养了一大波
我这样的人
该美的美
该丑的还是美
来了你就知道
就是让你来了不想走

那时候

上天放下一小波
一小波相互关爱之人
父母慈爱孩子们承欢膝下
兄弟姊妹有序依存
那时候食物稀少
一粒米掰作两瓣儿
你一小口
我一小口

那时候苦亦很美
母亲从日子中剥茧抽丝
连日熬夜
织就一件御寒衣
浸染了草果之香
孩子们轮流着穿
一个人穿上
弥漫着全家的暖

那时候并不曾想

有一天如同河水蒸发
父母的家成为干涸的河床
心中安逸庇护的小城池
在一片自由的呼声中
化为荒地
每个人都如愿以偿变成飘零之水滴
然后四处问：
“你们都去哪儿了？”

算术

即便万里挑一
这人间类聚的
得以一个广场容纳
若将同类聚集
会让之中的每一个人
不值一提
甚至每一个人
都找不到自己

老年

男人忘事
女人记仇
老年大致如此
他们也有共性
都羡慕植物越老越茁壮

我们

我还六岁半
明天你七岁

像是学龄前的小伙伴
我们一起折纸飞机
将梦想寄托纸上
用嘴哈一口气
坚信它能飞得又高又远
我们追逐蝴蝶与鸟鸣
分辨生命长幼雌雄
看它们凭借薄翼划破时间之暗
我们趴在地上数蚂蚁
用沙粒草籽计数
见证微小之物神奇的收集和筑建
望断上弦月
好奇那里到底住着多少神仙
对于遥远而宏大的想象
我们显得无知
且兴奋异常
坚信自己能成为实现梦想的人
对于偷袭我们的小害虫
我们并没有还击
而是挠挠小伤口，并不惧怕
那些小痕迹
将成为后来的我们对流年的印记
数不清多少次
为何吵架，又是怎样和好
我们重复发誓不再彼此怒怼
却总是善忘
就这么
我们一天天长大
再后来的我们，也会变老
老得像这样
回忆我的六岁半你的七岁

投胎

显然这是门技术活
一步错一生错
下一步错
来生亦错
若想按理想的角色转世
就先停下来看看它

若是……

我会说：
稍息！
立正——
解散……
然后
各奔前程

亿万呼啸悬挂当空

且我们
正立于它头顶
八方都是悬崖
视若玄幻

少年奔跑
当作励志
老年奔跑
后脑勺“呼哧呼哧”
冒着不服输的傻气

有没有人见过
风穿越它的视线
游弋时间之外

静静聆听
尘世间尖叫的多是微小之物
而星辰亿万吨呼啸
如此安静

和它

它是至暗时刻
既然彼此互搬不动
不如躺下来闭上眼睛
做两个梦中人

它们

有人踩着风的翅膀舞蹈
有人将一只猫拴在树梢练习蹦极
悲观者看到绳子
乐观者看到枝头月光
有人拉上全遮光的帘子
黑夜里惧怕明亮的眼睛
是不争的事实

我和它

它是我永远的问题
我逢人便说“我有个问题”
有人会给我解惑

也有人离我而去
然后我问下一位
离开的人越来越多
我的问题也越来越多
同时我的答案也越来越多

时间如狗

无数次
以白云的姿态
将肚皮翻过来
晾于苍穹之下

因为

有人因厌世而获得星辰
有人因热爱而获得
发现秘密的人
则因目光
或奇怪的想法

遇见诗

预见你正在来的路上
已备好长纸
透明似水
水滴在指间舞蹈
如若跃过我的指尖
下一个路口还有人等你
或者我先行一步
你在此等她

记住，抑或遗忘

一转身
可能时间的齿轮
不再带回原来的人
记住
抑或遗忘
都是最好的
就像记住了某句歌词
而忘了自己哼唱时的跑调
或是石子投水之后
深不可测
涟漪层层漾开
令人对水境尚怀好奇

（以上作为一套短诗合辑，写于2022年）

所有的平凡都应赞美（组诗）

（楔子）

世界充满诗意
就没有什么例外
譬如一棵白菜
或别的

从一棵白菜说起

和万事万物一样
白菜也可隐喻
顺着它
细数平凡的日子
一粒火隐入烟尘
践行了白菜
及作物的宿命
佐以五味杂陈
当然也淌不过一粒水
及利刃

种植的人
不可能征服天气
但一定会精选种子
和土壤
等收成时会有另外的人
把握有关一棵白菜几个方面的提升

比如有人关注它的成色
有人关注它的紧密度
而有人则是一刀刀
剖出它的内里

是什么样的臂力加技巧
将它拎出火焰
安放于另一个载体
众生各有天命
白菜的命贵命贱
有时候取决于操弄之手
有时候取决于食客
而有时候只是天意

和所有人一样
条件成熟了
白菜也会有无数可能
有人怀揣探究之心
将日子里的器具忽略
层层剥掉
越往内里越有不可言说的甜
有人过了半个世纪后才明白
是时间
——与风霜

鱼入江海

鱼上岸回到微小的容器
想必是有人破了戒
何止翻滚万千江海
一尾鱼化身入微小的容器

在这最小的江湖中
依然和万事万物一样
鱼负责呈现
而品赏的人负责煽情

再说白菜

将白菜和鱼肉咽食
食客内心是安详的
三尺以内务实
令人振奋无比
倘若有人不停地念叨“众生平等”
吃进去的都得吐出来

我的幸福

此刻我的幸福
建立在咀嚼另外的生命
食过芫荽
它为我口齿留香
上苍赠予它佛性：
“我不入地狱谁入地狱！”
上苍亦赠我悟性
“活着成佛！”

苦

苦瓜似乎具有莲之心肠
但其实苦瓜只是苦瓜
莲也只是莲
苦瓜熬不过苦尽甘来

就急于在不同的道场
争作莲心
为上火的人生助力

爱情如柚

就好似
想从柚子中汲取糖
不经意尝到苦味

时间有些荒芜

屋后山坡上
芒草蓬勃
老牛不见了
老菜农也不见了
之前他们圈围的篱笆墙
及他们踩出来的那条小路
都已遁入深草
仿佛几日前的黄昏它们还在
又仿佛它们不曾有过

阳光，影子和狗

缘于太阳析出恻隐之心
将原有的影子抹去
只留下那狗子像被踩过的菜帮子
此刻又像是主人即将遇见正午阳光
而预设的虚影

顺带

用喝不完的梅子酒熬制卤蛋
顺带卤了容器里的空
或者吃卤蛋
或者品酒味
若不是太过窘迫
最好别用卤过的空洞之水涮白菜

替代

“这要是棵玉白菜多好！”
有人雕琢白菜模型
摆在时间里保持念想

修复

除了时间
水也有修复术
可以尝试用眼睛跳闸一下
时间停滞
被搅过的水面
像聪明人一样安抚着时间

非花非我（组诗）

（楔子）

世界安静
须得有人绽放
方对得起
这人间生来如花

紫薇花

她主动放弃春天
就像一个人主动放弃青春年华
直接过渡到中年
抑或是
一抹本应属于春天的红
皈依了秋天。在泛黄的光影中
紫薇有了开放的意识
吐纳，修行
而无须仪式
她完全地打开了自己
在秋天几度获得清欢
灿烂并娴静，恍若浮世之光映照
照见一个人的另一个自己。
路过，呼吸或者穿越花和影，遇见两个自己
一个涂抹了岁月
一个记录了时光

昙花

镜头扫过长街
众生如疾驰的马车，碾过大道
老家传来急报
昙花开了！昨天四朵，今天五朵
我正录影
手提裙摆，碎步小跑过人工花海
他手比 OK：
“很好，五十七秒，一气呵成！”
用时比昙花绽放更短暂
我感觉自己跑过了毕生道场
然后，从镜头退回秋天
如同走出前尘往事，堪比归隐
2018 年秋天，我在外省走马观花
而忽略采集故乡朝露
更是在昙花凋零时，才想起前世
九朵昙花，如是妙法，诸佛如来
如九个三千大千大世界

龟背竹

时光穿透
何须挂果
若只保持漏风之页
留驻不疼的空洞
似有超越凡尘之决绝
可它竟生出“蓬莱蕉”

这一朵玫瑰

我养植的玫瑰
之前不是凋零
就是沾染病菌
直到今天这一朵
浓烈的红
镀着薄尘
花瓣层层
叠起了时光的厚密度
它压弯枝头
又随风仰起
宛若舞者
又似时光里勇敢的修行人
似乎在说：
阳光和雨露
养分和时间
一切刚刚好
才有了今日隐喻般
而又真实的模样

被设置的时间依次吞没

凝视桃花
桃花一岁就死
次月梨花为春天奔丧而来
在人间
绽放时节
她纯天然而美
而短暂
而认命

而年复一年

诗人，与花

月季花月月盛放
月月赏死
玫瑰一岁死一次
但它可以嫁接爱情
感同偷来旧粉盒
粉饰新恋
百合花从纯粹
到变异
想必历经百难之后
它连隐喻都会变迁
桃花是一列火车
从周南
开到今日的西北大漠
历经了跨越时空之旅
有人借花隐喻
在文字里
描述欢愉
但有人听到金属划破长空
一滴血复活成虚影

醉鱼草（仿写）

——鱼非鱼，花非花，我非我

非草吟风风吟草
非鱼名草草名鱼
半是鱼落丛中半成醉
半是醉成花儿半成名

究竟是鱼走近风
或是风过携着鱼

非花醉鱼鱼醉花
非我醉花花醉我
半是风中赋诗半成醉
半是诗中饮风醉成影
究竟是我走进花
或是花开向着我

第三辑：时光之光

织锦之光（组诗）

丝绸

拥有一件柔软的外衣
抚慰骨子里的倔脾气
美的更美
柔的更柔
这样的事，全世界的女人都在做

仿若由另一时空切换而来
抽取时光里的经纬线
再织就另一段锦绣
将一段柔情维系千年
这样的人间佳话，从古老的中国开始
绵延不绝

一段织锦
开启尘世的一条金光大道
走出去
又走进来
一走千年
再走万万年

时光中的斑斓，如蝶翩翩
每一粒光的眸中
都闪耀着隔世的向往
如此明亮的气息

无风也会起浪

从一只小昆虫说起

桑叶上生息的
是天赐圣物
吐丝结茧
一次次蜕变
然后掏出
小昆虫抑或知道
从它生命中，抽出时间经纬
时光之美从此有了方向
或者说，人类之美
因一只小昆虫
而极致

从一片树叶说起

能将一只小昆虫
喂养得如此神性的
是一枚小小的桑叶
和大地上的每一片树叶一样
桑叶吸食阳光雨露
汲取天地灵气
一枚蚕赖以卧眠，爬行
或嬉戏的
桑叶
都是风雨飘摇中
不倾的天地
是摇篮
又是蓄满乳汁的娘

无须脱俗
携起生生不息之使命

美好总是先被发现

翻动时间
是谁第一个发现蚕丝之美
那一瞬，是否认定
一只小小的蚕，正是一面天
不然怎会释放那么多如云之思
谁又是第一个种桑之人
在养护的时光里，是否将每一片叶子
默念成菩提

养蚕缫丝的嫘祖

感应神龙而孕育的女人
注定感应天地万物
她是王的女人
美好的女人
用匪夷所思的方式
点亮时间，点亮天下女子
她诞下神农
为人间尝尽百草之苦
这个女人不简单
美好的女人
应有美好的服饰
她开辟鸿蒙，告别蛮荒
从时间无以数计的线条里抽取丝
一根小小蚕体内细细的丝
拨动美好女子的巧手

织就时光里的云裳羽衣
后人奉她为“先蚕”圣母

王的女人

天下女人都想
当王的女人
王的女人闪闪发亮
闪亮的女人温婉如丝，璀璨如锦
闪亮的女人，是星辰守护江山
如丝如锦的女人
是微风吹拂大地
是呵护，是安抚
是温暖，是和悦
是强悍男人心内最深孤独的托付
是丝锦起伏
是山河大地最为蓬勃的生命
闪亮的女人是锦帛
丝丝缕缕入魂
记载时间旋转
为每一粒光阴代言

时间绵延不断

相似为类
便可在时间里寻觅同类
同类最好的相处模式
便是相互成就
人类的智慧
在于探索，并完成
有人在时间里

抽出另一根
和桑蚕吐丝媲美的线条
两根极致的线
便是时光交织的
最好的呈现

锦绣未央

常常看到
时间启动自我摧毁的程序
令人措手不及
那些个萦绕心头的美好
如果意犹未尽
可裁剪一截铺在流水之上
就会发现，人类的晕染
不仅增亮光阴里的神韵
它正穿透时空
修补了心上的破洞
日复一日，人间的缝隙
因一道锦绣而聚合

唯有丝绸跨越又延续人之常情

营造另一种意境
向时间呈现
来不及表达的爱恨情仇
从微小之物中
抽出一根时间之线
织进去
如果她走了
绘制的光还在

如果她带走了爱
织就的温柔还在
如果她带走了恨
渐变色的灰
已尽叙前世的困顿
假如她带走流水与蜻蜓
至少还留有娇颜菡萏

时光若蝶

我现在知道
你为何想改变
在时间丝滑的两面，你绘制的
每一朵花的眸中
都闪耀着隔世的向往
你轻轻抖动的风
有着人类的韧劲与矜贵
如若撕开风
便有裂帛回响
看她在时间沿岸，偶尔扇动翅膀
一道闪电走过
巨大的水面与林间
阵阵抽搐
若想让伤口愈合，就用这一抹光
挽个蝴蝶结吧

最好的光

最好的光无惧折叠
最好的光抚平岁月的褶皱
最好的织锦闪耀的光芒

打开阴郁
抚慰着身心
最好的光
不怕时间挤压
不畏流水抽缩
最好的光布满迷幻
最好的光用来衬托
最好的光是最美的女人

每一道光都是时间的线索

除了星辰
能与之媲美的
唯有人间织彩为文的锦缎
当时间的古韵
和时尚的音符在尘世唱和
每一束光都迸发出
灵魂与智慧的共生共舞
踏着舞步
在光的灵异之中
都能在每一段织锦里
追溯时间更迭

丝绸之路

驼铃摇过心尖
撞过西风，和戈壁
荒芜，或淹没
一旦陷入绝境
心怀依然诚挚
便有蹄音踏碎虚空

都说两条腿走路才更平稳
另一边，时间开进大海
碾过急浪
路再弯，再远
大不了绕过星辰几圈
通通走遍

每一段织锦都是孤品

每一粒云
每一朵花
每一束光
每一个灵性多情之物
每一笔时间的印记
每一个神奇故事
大如天空
辽阔如原野
细微如絮
乃至空空的留白
世上的事物
明白如究竟
婉约如待放之苞
无一不被织入多彩的锦缎
让诚挚之人深信
一锦一世界
一缎一菩提

（这组写于 2020 年）

毁坏多少，才能将一片纸留存下来（组诗）

答复

你问我
要么作最前面的那个“1”
挺直身板
纸上春夏秋冬牵着你
或是当“1”后面那些个“0”
拎着忠心跟着你
我说“我只是笔下那张纸”
可破，不可湿身
到既定的日子
“烧了我！”
一纸悼文
满是超负荷的字
萧萧落下
让我变回最轻的那粒尘

人生空白格

唯有天和地
才能把我
挤压成一片薄纸
片纸放大
待填写“照见五蕴皆空”
没找到最好的字之前
我宁愿自身

空，空，空

薄纸有心

体内江河不可泛滥
盛水的器皿有涯
每一浪都击打五脏六腑
冲撞生命的防护墙
薄纸畏水，又惧火
一把过盛的心焰
湿透撕裂的心
啊
唯剩加速度的一声
轰响！

另一种死法

一片薄纸
怕是守不住一个秘密
密函制作者有一道指令
已阅，践诺
搓一搓
咽下去！

宽恕

不想记仇就翻页
想忘记旧事就翻页
修仙人的谎言
也记录在案
一阵风

掀起长空一角
倒掉多余的部分
譬如，对一场雪的赞美
及蒙蔽的污物

与纸作伴

未及叙发的
被一条河流打湿的
乌鸦正在放大边界遮蔽了的
一个人预演的远方
有人以沙漏
或一炷香
与星辰取得联系
与各种秘境交流的密码
该怎样
将它们纳入
这时间里
最好的证物
证言
证人

纸上梦

长水流经纸上
纸张如镜
“躺下来可以做梦，还可以照见白日梦。”
一个人将前半生的梦落实纸上
余生片纸上续梦

我的诗

将光化为一粒墨
泡在深水里研磨
用余生求一个字
我是那承载的纸

高处归来

塔尖的鸟鸣
落到纸上
星辰落到纸上
这些被苍穹注视过的
多是灵性之物
向日葵是太阳后裔
她俯下热脸庞
轻抚来自险境的雨滴
悬而未决的事
在纸上
次第落实

素描

大与小
高与低
喜乐与悲苦
端正与倾斜
完整与残章
众生回到纸上
互为明亮，互为阴影
它们互为补充
世界像无声之黑白片

在纸上呈现

与父重逢

正与一张纸协调
久别的父亲就来了
我不敢哭泣
怕双眼模糊
更怕打湿了纸张
模糊了父亲
与父亲每一次重逢都在纸上
他一次次牵着我
在纸上行走

修补光阴

来日无期
而步履有限
向长天释放虚绳索
拽回空洞
一个人独坐纸上
扯一缕光明
绣一枚相伴的影子

未来

须再个五百年
时间之岸，一遍遍
问天，问地
是个怎样的你
在时间的节点标注

“你的使命是把它送到时间手里”
每一笔都记在上天的本子里

（这组写于 2021 年）

要有光（组诗）

有光芒
就有阴影
它们的媒介是一棵树
——或你

（一）
前生睡得太沉
需一把利刃
划开尘埃
还原它本来的模样

（二）
一些光隐匿
一些光时而沉默
一些光寄居水母
一些光受孕于植物
一些光消逝于转角
一些光逆来顺受
一些光有伶牙利爪并设下圈套
一些光照亮盲点
一些光穿墙之后沦陷于鸟鸣和长钟
一些光愈攀愈高发出折断长塔之声
一些光历经万难而不死
一些光和另一些光互为牢笼与枷锁
一些光如盖
一些光掀开

（三）

奔突的闪电
呈现肉眼可见的躁动
疾驰的巨兽
携万亿萤火出动
卷走尘世月光
它拖动的时间
哪怕微小之物
都有某种情绪
在四肢百骸里逃窜
眼底掠过一抹慌乱
只是，快到极致
就安静了

眼前的闪电
宛若巨大的蝴蝶
万种风情是一种宿命
多少吞噬
聚此一身斑斓
明媚之后
魂断，消逝
不留最初模样
是另一种宿命
彼后的天空
如宠物的毛发一样
柔顺，静谧

（四）

石头长满绿草
刀锋开出花朵

冰晶挂满火焰
本意生冷的一些事物
只因来一趟人间
才如此璀璨
万物生
何须顾忌别人的眼光
梦里海浪盖过日头
推我醒来的，仍然是
那被闪电强行掠走的半步阳光
继蝴蝶之后
斑斓莫过于闪电
妖冶莫过于闪电
激起惊骇莫过于闪电
死而复生莫过于闪电
也莫过于，和我一样
生而赴死

（五）
在一滴水
与另一滴水之间
辨识两种飞禽
鹰隼与白鸥
爱着各自的天空
也向天空投下阴翳
我爱上蒙面
认定回避是极好的避险
纯净的幕布
将近乎完美的黑暗笼罩下来
局促中
从四周伸向更深更远
开始估算情绪的直径

（六）

生来就亮
光溜溜照亮世界
继而被世人围观
三岁看大
七岁看星星
十三看旭日
三十看月亮
四十看眼睛里的迷
五十看天
七十在山谷里行走
山岗上的猫头鹰
在流光中投下的影子

（七）

每一道耀眼之光
皆缘于至阴至阳的碰撞
作为布道者，我与你
手执戟剑，横扫长空
刀尖与鹰眼对峙
白与黑
两种极致的光
轮转着尘世
热恋与蛇蜕
抱定死去活来
眼眸与流星
一呼一吸间
落下的尘埃
炉炼成潮头
在失守的时间里追赶蹄音

再回头舔舔自己褪下的皮
怕是留不住极好的月光
唯有向纵深处
滑下匆匆的最后一瞥

（八）
烧焦的往事
在草明山青衬托之下
显得尤为扎眼
不可接近
沦陷之前
设下的圈套
与表象毫无违和
不经意就被带入旋涡
不可信的，还有自己的眼睛
伤痕之下
时间的断章已画上句号
激荡之后
不可言说
只管火在水上行走
水从心上流过
心随火动
一燃一跃
每一步都是抵达

（写于 2020 年）

岛屿（组诗）

水上行

（一）
过桥时
脚步一轻再轻
难以抑制的怀想，像一块黑
而我偏偏喜欢深夜听海
撤下心防，便可捕获一些事物

十亿咸水，涩风绕额
为此，我打开味蕾
尽情吮吸
此刻遗忘人间烟火
星宿便超乎想象移步眼前

水向来滋养生命
何况大海还有隐喻
它此刻的动荡
吻合了我心内的安宁
夜航灯催促，“回去吧，梦里织就的网更大”

（二）
破石，疾风，残影
和一道虚无之光
构成三叉戟
有人握着它

有人撞上刀口浪尖

在海岸线
偶遇垂钓者，携带诸多工具
却只抛出一根细绳
静候海水驮来捕捉的契机

那末端，绑有人类肉质的奸计
“九品以上高手隔水听呼吸声辨位——”
有人把波光推出水面
此一腔热诚
必定转成他人口腹之欲

（三）
即便掏空身躯
斜卧于时间的风口
满目已然是凸起的风物

孤岛，并非
孤立的意象，它沉默
只因身后有一张永远洞开的大口

“念念不忘，必有回响”
喊来的都是他乡之人

溺水百遍，仍在水上踏浪
要怎样驾驭
才能涉入汪洋而十趾安然
假如必须下水
从此以后，就选择
只把心沉下去，而将肉身

坐成风饰的标本

（四）

头顶的虚空
脚下的流水
始终在四周游荡

大海和星辰，交替闪烁
两个时间的顽童
两个时间的老顽童
一个随波逐流
另一个随它逐梦

谁能拿它怎么办呢
上天想必也有同样的庆幸
世界之大，万物跳不出相似的小水滴

（五）

目睹一朵轻花，从漩涡
破水而出，它一生
所躲过的暗器，多过荆棘

随后一拨一拨追上来的喊杀声
全都绊倒在不动声色的卵石上

（六）

水上行走
自然阅水无数
落日看空水
悬崖看黑水
白帆除了看水，还看无水

风中鸥鸟斜飞，胸怀的梦想无比宏大
它伺机将大海衔到纸上

而那个叫埠头的
专门看湿漉漉的几双鞋

对着苍茫之水
血管里的盐早已被时光稀释
只剩一身淡然

那位沉默的英雄
灯塔充当守夜人，看百步以内
它除了照亮，也被照亮

（七）
多少次，想要
抓住落日
可伸出去的手
无法触及它短暂的一生

断崖说，此去也就一瞬
落日说“一瞬便是一生”
缠绵足够美，所有的色彩
多像镜中画啊，一转身
皆为虚无

明日回来的人
又像是活过了不同年代
千万个明日，千万次问
“万物会不会跳出相似的小水滴？”

（八）

透明的叠加
在明亮中摊牌较量，并和损坏的部分
在暗深处讲和
它们引起的某些不安
叫浪涛

而流水击出的涟漪
长桥横跨长水，惊艳了时光
扬帆归于平静
贝壳里，藏着深远的鸣响，有启迪
也有召唤

（九）

继续沿着水，脚步一轻再轻
不去挑衅它内部
一切未知的掠夺
如深爱浅尝
任轻水一点点润湿鞋履
但切记，不可漫过船舷

仿佛一条走不完的路
让一个人，一点点
品尝前路迢迢

而折返，是路的延伸，也是重温
那个梦起始的地方，是原点
也是岸

岛屿（一）

尽量忽略
未掉进去的事物
目光所及
往来是汹涌澎湃的人间
提灯之人
站在漩涡之上
看尽出海
与归航

老水手掌舵，模仿鱼
而又狡猾地超越了鱼
有人从城市来，穿过无人岛
海风浩荡，一路向西
这么多年了，也没再学会远游
唉——！
海鸟驮着一串咏叹调

纵横相置
恒定于天下
大海却寻求云梯，试图攻入城垣
似乎误导寂寞是岛屿
做违背天意的事
难怪大海总是很累
还自以为完成又一次征服

赤裸裸跳下

像石头抛入大海
朝暗深如狱的海底钻去
是大海对一枚风筝开始收线
而浮上来钻出水面的那个人
赤裸的身躯内部
大海赐予了火焰
像只热气球从低处上升

那么多
飞蝶扑石，死而复生
如果说大海是一座花园
浪涛汹涌如兽
但见那石头报以微笑
轻轻拂过
那么多的蓝莲花

季风盛，湿度 100
下半身时刻在饱和状态
上半身昼夜迭起注视
来时，残石在海边复活
去时，又扯下它的断臂膀
这样有惊无险的事
每天都在进行

有喧闹，而没有吞噬
有光，而没有刺
有时间而没有断壁
有风吹过，而没有陡峭
有帆，而没有船
没有眼睛里的尘埃
把大部分声音笼罩

剩余的，随目光拉到远方
耗尽了追梦人的好时光

海从硬性的角度
岛屿从柔软的角度
昼夜推心置腹
将两个人的平衡与反差
都推到了峰值

峭壁湿滑
很像中年之心
捍卫，守护
令它感到自豪
时光从青缇的斑块
伸出一些爪，一些刺，和利刃
又将裹心之躯
立成碑

（后记）

一些人冲动的后果
附加在另一些人身上
撩拨之人通常无事生非
把月亮牵扯进来了
把那么大的太阳也牵扯进来了
说什么“水里的鱼很多”
说什么浪涛凶险
回头是岸

无非轻柔
无非铿锵

无不死在寒芒之后
面对暴脾气
还故作一番通达的遣散
闭嘴吧
水深处才是鱼的宫殿
何必持一本假圣书死磕着求人上岸
没有欲念网还记得
鱼是谁

岛屿（二）

一些海水浮上来
另一些海水沉下去
一些石头浮出
另一些石头潜入
明亮的部分相互注视
而隐匿者，在暗处
窥探彼此的影子

风清洗了瘴气
潮汐将浮物
纸片一样冲卷上来
使之失去了最后的推动
也使之安逸中
在光阴的表层
痴一般帖附

上岸的，多半不是归人
是行者
从水上来，稍作停留
只为整理行履
来路匆匆
足见去路漫漫
或再次被纳入时空幻术

有人在北方的秦皇岛
喊话：

“这里的海水也向南流动！”
岛屿似屏障
却没有隔断海水
海水流动而相通
并在相通中深化

十方海水
养十方岛屿
时间味蕾上
盐作为勾兑的本源
倾入浩瀚之水
而无悔的陶醉者
岛屿的体尝是永恒的

脱水如脱鞘
岛屿宛如洞穿光阴的剑刃
而海水翻腾，包抄
继而退回低处
如同长时间对着意志不屈者
试图降伏，不成之后
再深鞠一躬

岛屿（三）

上天把水放下来
把石头放到水里
面对一张巨网
且看网中之物如何摆脱
几度深陷迷阵
之后，刺破水
石头仍坐定于水上
宛若水中蝶
离开花
再接近浪花

潮来时
稀释了久浸的叹息
爬上来的水
重又被大海拽去
循环如沙漏
水中凸现的石头
揭尽了时光的逆鳞
披挂的泥沙与苔藓
作为伪饰的外衣
恰好掩盖了满目苍凉

光阴缝隙
岛与海
弓身在暗深处
执时间的利刃

将各自削出了凹槽
咬合，厮磨
倾吐无尽的暗语
而当时光的裂痕放大
晃动的大海，则现攻击之势
它淹没太阳时
一并吞咽了岛屿的影子

临近者
对于沉默
怀有攻破的意图
它们从万顷水底涌上
似有万钧胸臆宣泄
周而复始地锤打
而这上苍释放于水中的精灵
吸食了水的灵气
练就一身九世循环
终在寒水之上站稳脚跟

留一只眼
在阴影里沉睡
另一只放眼天下
海水，与时光
在眼底流转着无限苍茫
而目光尽头
英雄，佩刀，与骏马
随涌过来的潮头
与断壁
达成共鸣赞

岛屿（四）

断裂之后
那些来不及喊出名的
每一个碎片
多怪石嶙峋
血液内击打着漩涡
可见母体剥落的疼痛
残壁孤悬，挡不住
从她身上吹过的风
以至于一滴泪
泛滥成汪洋

独坐风口
潮水是障碍
也是推动
水生物上岸之后
要么风干成标本
要么洐生
涌上来挤向一方
退下去
四面水，八面风，十面埋伏
有无数个可能

从彼岸过来
除了借东风的人
还有桥
水设置了渡，又设置了岸

桥，是渡的盲杖
象形符号中
叠加着各类意象
岛屿如动荡之舟
礁石是两栖之物
面对辽阔浩瀚
无法转向狭窄

抵达之前
未料时光有些咸涩
它也能孕育
鱼儿是向下的别类蝴蝶
水母是大海溢出的星光
云端是翅膀向往的勇气
踩着水与沙石
尖叫无比浪漫，而低眸
比仰望更稳妥

对时光喊出几个名字
那些贝类化身
珊瑚自带光芒潜下去
石头浮出水面
时间坚硬的外壳
见证沦陷与崛起
桥墩旁边跳动着一枚火钉
是光阴落下的荆刺
缘于某种挂碍
而悬浮水面

生来听海
听亿万涌动

拨动一根心弦
将浑厚之声
轻轻地听
迫切，或舒缓
都是天意
第二个听海的人
和岛屿一起见证
“和光同尘，与时舒卷”

或可将海岸重修
以便接引浮泳之人
也便于从此处
将它放生
可叹那裸露的躯体
它宁愿在水底追索生的勇气
比安静更安静
比孤寂更孤寂
哪怕一座岛空着

从母体的水中分娩
再于水中坐观苍茫
任时光将滑下去的水拨上来
将血液里的漩涡逐一拆解
真如奏弹古琴
过了险境，从而
苍劲，浑厚，绵长
而苍茫之上
不老的抚琴人
坐成独识标记

（这组共五个部分，写于 2018 年，修改定稿于 2019 年）

契阔有山水（组诗）

锦绣山水

山牵着水
水萦绕山
山峦的身姿
拖动着流水的走势
起伏呼吸间
将水域穿成锦绣深衣
从交领
从袂袪
从襟衽
从裾摆
向八方动态分流
任其在时间里
向着接收的本源贴紧
苍生便有了遮羞的布帛
漩涡于隐扣内涌动
风刀萧萧，撕裂虚空
光阴在其呼啸的内部
稀释出一部分动荡
其余部分
被时间藏匿

山水恋

唯有山水

方为有根之辞
唯有山与水
在人间，归去来兮
穿过，穿水而过
绕山之水，如拖曳长裾
且宽且长
大地舒展，而根不裸裎
青山巍峨
将一颗尘世之心夯进辽阔胸膛
波动，柔软，绵延
交换着呼吸
斜逸之流
如袂飘飘
褒衣广袖，于风中
舞动葱茏
倾泻而下的白瀑
于山水间挽结
将骇世之恋紧紧相系

共谋天下

需坦裎最赤诚的部分
汪洋盛之
江河湖海映之
辽阔，是水的胸襟
如九天降临的仙子，来人间
交织柔软的心肠
蒸腾的水珠
只为涤荡万般尘事
佑护，并映照
普天之下

在它的胸中沉浮
山峦环抱，昂立刚硬的骨架
将根系安放水中
谋划的日子里
群山举起众水孵化的精灵
浓郁之中
深吸着肉质特有的鲜香
将子夜，深渊
以及盛水的器皿
深信成天空

逆流而上

波浪之下
是鱼儿徜徉的天空
也是弱肉强食的斗笼
需及时避开异常的影子
或如陷入暗林
界限模糊之际
汹涌而鼓荡
看那溯源之鲥
得顶着多少逆流
才能从汪洋
追回小溪
彼间，无暇顾及别人
认定它只是退行
甚至还有人
伏山观兽斗
尽收渔翁利
而幸存的鱼
依旧循着逆流

它是回去再度繁衍出崭新的生命
也是追溯安放灵魂的古庙

时间之外

流动的水
是尘埃不可或缺的血
可流水，常如神龙倒挂高天
爆发出吞卷大地的威压之势
冲毁一个又一个尘埃世界
而人间
除了医治无法避开的恶疾
还一次次赋于佛陀般的接纳
只有，也只能
在生命祈愿时
自然才称得上法则
切身的痛，让苍生有了真挚忏悔
譬如，冰与火炼狱般地交融
析出了水
譬如，水与尘吞噬般地反复磨合
托举，孕育
汇聚，复沓，蓬勃，明亮
尘世的两个巨人，捋出的不定之风
如一驾自由马车
奔突在时间之外

归去来兮

水的尽头是断崖
领先坠落的
是人间最初的光明

让所有的生命
一度以为
明亮将永远在人世间消逝
潮汐击打云崖
落日离去的水面
披满金色的蝴蝶
宛如奏鸣幽冥大门开启前的挽歌
此刻的盛装
便是人间的妄念
长夜以微凉之水
洗去残余的睡意
婉转的鸟鸣浮响于渐浅的梦境
断崖再放下悬梯
一轮明日从汪洋
返回了人间
安逸的水面
铺满白莲的光芒

千仞青山如千帆

举头望，目光撑起桅杆
千山绕水千重
百般寂寥，万般孤远
只为追索光阴消逝
自己走失的影子
星辰落入深潭
脚下是玲珑泡泡
疼痛不过是幻象
波浪不被刻意延长和放大
踏水之人
卸下敝履

借助眷顾之风
一重再一重
跳跃，翻飞，潜藏
渡过月光和漩涡
投身处
三五声腹语
摸索着两岸猿声
而避开它的脚趾

空山繁茂

手中的岁月交出去
去空山，携着空空的皮囊
空山那空空的肌肤
是梦的种植园
占据有利地势
抢夺高处阳光
和猛窜猛涨之水
有人造庙
有人筑坝
有人养虎
斑驳之人，于世外
雕刻，描摹，填色，蓄水
剔杆兽骨
蘸一渠月光
将一生的字
写成虚无

千帆过尽

时光渐浅
时间不以落寞而殇
漫山的蓬勃
是流水剥出的柔肠
以最后的骨节
撑起群山苍茫
亿万绿植
于不同时光
替流水
萌发与凋零
诞生与延续
低伏的流水
吸食万钧浮尘，且滤出
仿若过滤人间无限尘事
苍茫的手掌
在时间里
折叠着密集的皱纹
继而摊开，熨平
游荡，遇见，守望
早已看淡风光
终安静成无扰之境

（这组写于 2017 年）

第四辑：早期作品

临

月亮上睡疼了，便知是冬天
白刃收割漫天雪花，半枚落在最后一页
夜读人收为书签，将梦于书里书外切换
那年今夜，寻觅出口
来时，我托生梅，等你来门前戳两行脚印
等待一场比花瓣更细致的剥离
来，便来了。我不说疼
你也别说前朝陷落而蝴蝶轮回
我不说渡口，你也别说尘世相逢而羊水枯竭
不说逝去的亲人大过神灵，不说与鹦鹉同类
不说爱情以小份按揭直到来生偿还
雪深处我用母语写一首诗
在人间，期许几个长短句，供你挥霍
用脱落的花瓣造一座花园
虚设断崖供你走回头路
蝉血若火，完成最后脐断
途经疼痛的灿烂时我不曾停顿
啜饮黎明前的黑暗像是饮进人间一顿炊烟
就如我爱人间的光明也爱阴影部分
各跨两个季节的半个时辰，如观一场对弈而不偏袒一方
火与血，花开如碧

借位

断章相隔，渐忘故乡，绞尽胆汁写乡愁
在喉管上微雕，以免文字把语境弄乱
血流图铺展，灵感如蝶变的茧甬，找到暖床
将脱落的碎片咳出体外，一滴血指认
——是嫡亲的乡音！
而我对亲有不同理解，譬如
月亮离我远近
太阳和云团置换，或多几种遐想
它们的高度会因遐想而不同吗
不自觉想到神的合理存在
我写鸟声，等一只鹰俯身对证，当年离开
故乡的老树，树洞里那几个雏鸟
如今栖息哪里，我混沌的身体里
还回响着洁净啼音
命中那唯一的鸟巢
让我有了一次朝圣
和一次还俗。而这次还俗，我接近了人间烟火
星语落草，草下泥土开始变重，就有了孕育
不像塌陷，隐去光，世界同时陷入沉寂
一块石头出土之前，寂静是自然之声

三月，在皇历中寻觅

雪花和桃花不宜安床合帐，不宜结出同一个供果
三月，让雪花离开，避免珠帘斑白
选个好时辰，宜理发，破土，伐木置办一口红箱，掩埋旧时光
与剪下的发屑合葬
曾在木屋里反复咀嚼褶皱，检验几个呈现的日子
点香，移动神位，把河床抬高三尺
在水面，放几盏莲花灯
为三月滋生的全部嫩芽祈福
结一张网，撒向空中
那些个在云端的鱼啊
三月，忌盲目求嗣
将一杯白水，和几个温暖的词，搁在靠窗位子
将反复吟咏过的水纹熨平，再描水湄，点一些红，点一些绿
守一纸桃花，等你
折一艘纸船，渡春风
扶起弱柳，扶正风的骨架，搭一座唱台
柳叶反剪，正裁戏服，水袖盈风
剪刀口落下碎片
与最后一枚雪花兑换门票，去三月，去赏诗词里的桃花

掌心

文火慢煨，将时间的骨骼烘炙
雷电劈开路障
这道场已看山是山看水是水
众僧捻珠诵经
血性和神性自指尖逸出
同时还长出蝉和禅，将经文与母语并列诠释
“翻手为云覆手为雨”，抽刀断水兵分几路
每一道沟壑都注满水声
掌心的河流在虎口回旋，从豁口纵身跃下
一方巴掌响彻人间

闲来无事

哼一曲，肩上牧蝶眉梢种菊
啄白云，齿间修书心内养莲
饮尽千溪流水，去梦中
渡月渡日渡清风。扑灭磷火
宁静留给辽阔前庭
吞枚磨刀石，五脏具锋利。去山间
放倒一庙凡夫俗子
庙外剔肉，把兽骨留给堂前菩萨
披上白鹤亮翅
于水湄启程
闲来无事走天涯

不走完一生我决不回来

六月的太阳烧到极致烧得天边有些苍凉
羊群般的云朵纷纷掉落
死寂的大地瞬间谋划起流水日子
趁夜色平定灰烬之际
我歇息片刻思考一个不停下脚步的方向

如果就这样于六月停下来
我必定到不了秋天
也就不能见到收割后的田园如何被时光恢复
也就到不了冬天
也就无法跟着雪峰上那只神鹰穿越
也就无以知晓我曾经是如何被裂帛惊起而来
也就无从探得将去春天采撷嫁妆的林荫湖畔

黎明刚过，窗外有光
厌倦了辨认月亮和太阳到底是谁的图腾
厌倦谁把谁唤醒都无法改变彼此位置和距离
不想占用时间只做一个空洞的名词
它要前行布道每一寸时空
我借此机会跟紧
不走完一生我决不回来

中秋

嫦娥是怎么上去的，玉兔怎么上去
日复一日伐树，吴刚也没看出破绽
他设想返回人间，重新策反一棵桂树
金星昨晚改道顺行，把身后的夜拉得更长
土星出轨，水星逆行，第七天了
都说“朕，忙啊！”
如来在午夜跑场，将八月的云团都搓捻成线
深草处，萤火全部被绑到天上，晃荡
引燃一场天上人间的爱恋
灰烬终落到脚边继而开出另一朵花
好似一枚醒目的星子，又如豆灯，挂上篱笆墙

雨的梦记

飘摇。升起，垂落
在一滴水里隐居，四方为家
风声倾斜，扶正身姿
抽出两根肋骨，在云上搭建梯子
这些年，一直想看看天河
看看无数个轮回路过的故乡
且把悬挂它的绳子放低
数一数流转的沙砾和灯盏
悉心记录每一次聚散
与明灭
在云上搜寻
芭蕉树是否还那么葱绿
那阔叶是否也遮得住从异乡流落到此的星子
久违的伙伴
前世我们曾拥有同一片金色池塘

攀缘。顺着肋骨架子，向上
如坐莲升腾，尤显轻盈
在莲上，寻找云里的真身
我渴望与前世相逢
从而预知来生
镂空的云朵毫不理会
身后白花花的光阴
在一声鸟鸣中坠下
乌鸦的羽毛，眼睛和嗓音均落下骂名
即便它仅仅为了觅食或自言自语

它的翅膀隐去光
成了个黑点，连太阳也未能将它照白
其实黑色，也很闪亮
仰望的时候，眉心落了几个星子

屏息。终在卷轴里认领前世
笔画错落有致，线与点
及古树，在风中飘摇
时疾时徐，扰乱呼吸
水上泛舟的人，正在白练上踏歌
桨声化作箫音，向云深处划去
时而落入另一条河流
好比映入一面镜子照见自己
正如它需要在画卷里被时光长久确认
等下一季阳光将它招回，并更正露水漫步的小径
原野空蒙，那些线和点的笔画尾声
落入缝隙
而它尖锐的雷声
在一张纸上忽明忽暗，归于宁静

孤寒落日

太阳从西窗离去，带着一些蝴蝶
其中我豢养的一只，也在酉时
冲出栅栏，追光而去。此后我
开始守护蝶影
我坚信，没有谁离得开另一个自己
即便阳光慵懒，或沉睡
影子也只是像倦怠的狗儿
挂在脚踝，她缄默
不再对万物出声
而风声，愈来愈紧
潮水像倒生的鳞片贴上了礁岩
赶紧去昏黄岸边
攀上那半壁摩崖摘下纷飞的蝶
太阳的装束只剩简约
近乎于裸露
她已做好跳崖的准备
假如没有这枚夕阳
还有谁会对黄昏纵情，此刻
落日若不动人，尘世再无激荡人心之事
切勿轻言别离
去水中，打捞七秒记忆

醒来

此半生醒来三次
某个午后，一只蝉反复叫唤
不得不扯断长梦，向鸣蝉
交出半生繁盛，与荒芜
剩眼睛里的惺忪，及前半生
尚未摆平的细节
暂且搁在了一方水塘
七日后，沉沉睡去，这一睡
竟退回半生，直到听见
蝶敲窗，仿佛若有光
太阳西斜，暗香已离散多年
这枚蝴蝶是上次走失的影子
它及时归来与唤醒，幸免了一次错过
与落日的挥别，及承诺
曾说，在东边的摩崖等你上岸
明日卯时前，记得醒来
最后那次最为清澈，醒于梦中
有水境，有莲台
有十万将梦追杀的兵人
有阔亮的盛放，袅袅升起
但无远处。随即
省略了满池塘荷花，及一身妖气
搬空了眼前一切雾障

见繁花不惊

“姐，这是什么花？”
猛抬头，七个小和尚
不称施主，叫我姐
哦，我没施与什么
邻家做法事，中场休闲
庭院外，见繁花
尚有好奇之心，我笑了
“你说什么花，就是什么花”

细节

琴声缝补着夜晚的裂痕
窗户洞开，承接不请自来的水声
湿漉漉的旷野，一声接一声
幽鸣，呜咽，轮转
心上，这些柔软的声音流进来时
“我觉得我要哭了”
一定有一场遇见

对着一截枯木跪下
暂且忽略膝盖的尊贵，忽略细节
木菩萨，借助你的沉默，读心
令玄疑有解，唯有你
潜伏，穿越，预测
并及时找到几个更好的我
在我快要失去信心的时候

将名字写在一块石头上
生卒年不详，墓志铭不清
简洁地建立我与石头的关系
打个眼，穿根线，挂在颈间
能够将墓碑随身带着
除了不舍将你弃置荒原
可能我，前世遗弃过你

每一条缝隙，都摆放着
一些有意布局的细节

将提琴、刀具、墓碑和佛像
及命中的傲骨
全部归置就绪
便回到一张纸上，自唱安魂曲
这回，我真的要睡了

草心

一粒火，一把雪，甚至
纸上的蹄音
都能将原野烧为灰烬
但是不要紧，能够死去活来
万般枯槁，及万般勃发的
唯有芳草心，只需一场春风

风柔顺，一蓬乱草并不柔顺
风来过又走，而再柔弱的草
也高举过风声、雨露，和星辰
它黄了又绿，仍不忘坐定山坡
如一个人，无须约束自己
终不偏离热爱的故土

虫声急促，流水淙淙
雷电响彻天宇
季节切换间，有多少脚步踉过
趴在路边的草，黄了又绿
静默依然，如沉寂的佛，从不喊疼
它耐住了时间里的寂寞

破墙之上，一株草
见证了围墙内外光阴的距离
它黄了又绿
若不是，它的根连着佛的指尖
但凭一粒尘埃

怎能与雷霆争夺根须

在尘世，一株草
无法站成一棵树，将更高处占领
却有人间最虔诚的低姿态
无论生与死
匍匐，缱绻，对大地情深膜拜
萋萋，萎靡，都在大地的怀抱

尘世之物

一旦动了凡心，就会回到人间
西窗离去的蝶影
林间走失的鹿鸣
都说离世是一种长睡
虚无之耳以九品之力，截获呼吸
隔着兽皮辨识
世间的梦境皆有出处
它们，都将于时间深处醒来

河流从未干涸，它改道
于天空，挂成静美之湖
求佛之人凝望高处
倒影便乘着流水返回人间
尘世便有了逆行与顺舟

鸣虫倔不过风声
脱壳，如换絮衣
——它确实经历了死去活来
面对它，你是否
目睹过一场涅槃?

但见神鹰召唤一场雪
正如唤醒为之赴死的人
它指尖触及天庭，
带回我们祭奠的英雄
英魂依附尘埃，沿途返回

潜入绿植生生不息，人间又有了
蓬勃之意

女娲遗漏的石头
正被光阴追赶，飞越苍山
途中造桥，筑塔，修得凡心
心跳敲响了雷霆

浪荡之水从高处归来
淋湿了人间
点燃了乡愁
大道由此泥泞
而此刻正好！
有落叶停在脚旁
如扁舟
——渡过潮湿的人间

潜

小水滴沐浴着光
温度适宜时
它会长出翅膀
于高位向众尘俯瞰
享受荣耀的时候
也潜藏着意想不到的危险
遇到闪电撕裂天空
便化作疾驰的残影
带着凌厉的破空之声
坠落，继而汇聚
它收集了部分尘埃
用以扎根，寄养，托举
大隐在湖光山色中留恋人间
面对水，及它的变迁
其身内之鱼
拖着余下的半生光阴
向纵深处
去寻找细小的感动

虔诚

被阳光烤蔫的夏虫
乘着夜凉聊起嫦娥
“她服药后肤色大变并离开人间”
其实，耳廓发痒发疼时
想想古训：别用手指戳月娘
尤其是月呈弯刀
挨近黎明，会将白和黑切开
有几场雨，就是几次切割后的血流
信仰，虔诚即可
把月亮摆上八仙桌
兰花指收好，合掌！

第五辑：路漫漫

分行之旅（组诗）

（一）

那天看到他
眉宇间堆聚多重人格
自信且玩味
比更多人更快更稳更准
触摸到时间内里
抽取一根随手抛去
虚空顿时布满琴弦
还有几个人
弹奏并唱响
洐生之美
丛生之美
错落之美
彼时九月
音符如叶
惊悸划过旅人之心

（二）

虚实中辗转
她一路捡拾
宛若收养前世遗失的孩子
为此她咽下数不清的刺
感谢诸如阴影这样的逆境
让她勇敢地
面对自己一次又一次影子般的死亡
也感谢微风吹拂

在血泊中
激活了糖
哪怕仅此被时光温柔以待
诗行中
觉醒成为主调

（三）
磨难中写诗
成不了英雄
却能让英雄拥有
不朽之名

身边的人是诗
离去的人也是诗
她写父亲
生命第一位引路人
她心中第一位英雄
人间具有大义之人
必有永远不散的灵魂

她有三位母亲
生身母亲慈爱勤劳勇敢
面世成人间最美的母亲
娴静的姆妈
一位从不以语言毁人的妈妈
秋姨挥挥衣袖
送她走过山岗
却把自己留在山的那边

（四）

会在某一刻
喉间乃至浑身毛孔
似有无限的气息喷涌
她需要奔跑
身披玻璃横照尘世
需要呐喊
需要痛快哭一场
再次将自己打碎
跌落深渊
再缓缓攀升
而此刻，莫名安静
纵深伸来一只手
牵着她

（五）

若问有谁可终身为师
唯有自己！
答案是肯定的
世界
和他们
有太多未知
“和树叶一样没有相同的两片”
许多人都在寻觅
但其实
相似的那一片
已在暗中凝视

（六）

反复遇见
又反复离开

虚空中穿梭
不断有人在剥离身体碎片
如同揭下一层垢
却对路人投下的影子爱不释手
甚至捡回去与枕边人置换

（七）

心内雀跃
想抠出最不愿意示人的话
“每天都在接近死亡，但我依然很快乐！”
是不是也有人
藏着难以启齿的事
比如“买二元彩票中八个亿”之后
怎么散发那些钱
然后为这个小心思泪流满面
又或者
是否还有人
也在夜晚脱掉衣服
聆听衣服里的空洞之声
又仿佛听见虚无正以某种形式
占据了空洞
是否还有人和她一样
在午夜通灵

（八）

每一次念想
都会落泪
如此分分秒秒
溢出之水
再无法被肉眼收回
于是就有一道长河流向远方

时间常常设有陷阱
惊悚的事时有发生
“有人以 1 元钱卖掉孩子！”
这些时间的碎片
再次被遗弃
一个心内荒芜的躯壳
定然有一颗不甘之心
她写到爱
虚空却落下铡刀切断了呼吸
一组长诗刹那归零
时间化作一根刺鲠在第十四年

（九）
就有试图越位之人
开启虚门
画出许多时空交集
但其实只管一路向前
“时间才是唯一的奢侈品！”
细分一生
掌中依然握不住半滴露水
没必要停下脚步故作亲密
谁都知道“亲密更易染疾”

（十）
之所以谓之虚空
就是用以愈合
故人下坠
在深谷坐化成庙宇
朝朝暮暮炼句
以缝合时间袈裟
指尖轻点

木鱼声声有别于风
且对风暗示：
方寸之内有断崖！
滑坡尽是光阴碎片
千万千万谨记：
轻拿轻放
遗弃真真不可取！

（十一）

如果感到寂寥
就把天空深信成自己想要的模样
舟楫划过
再不受任何阻碍
日光月光是引路小鬼
也可能衔来的鸟鸣
或是虚空馈赠盛品
而天下隐士
特别是举伞的
都是懦夫

（十二）

风赐于叶片
又收走叶片
上苍赐于一个人
也会收走一个人
异族眼里都差不多的事物
有人猜测：
下一次到底是叶子变成人
还是人化尘埃长出绿植
而秋天再次验证
“和树叶一样没有相同的两片”

是在他变成树叶的
三年零七个月
她手持一枚叶子书签
去秋风中比对

（十三）
灿烂胜过夕阳
只是爱情与亲人
会被时间带走
于是决定闯过风眼
释放菩提
纵然到那天
再也直不起腰背
须发裹着尘灰慢慢遥过枯木
仍有经文般的诗行一路常青

（写于 2021 年，叙发诗思的心里路程）

路过菩提树（组诗）

银杏树下

在京城
有十个深秋
我都会从这里漫跑
无须考虑
时间，方向
或刻意制定返程
只是漫漫向前

银杏

若要将自己
嵌入无以言说的安静
就到银杏树下
会有一只虚手在虚空
掌管这一切
譬如
风
和果子
化为乌有
叶片则呈现摄人心魂的黄
如我此刻看到树上
分明是群星路过时
短暂驻留

在寒风中

赤手而自成利器
如此的风
破空而来
瞬间令我莫名悸动
欲避其锋芒
却又不自觉
放松了紧端着的肩膀
将脖颈挺一挺
这时候我
就当自己是那秃秃的树干
不带顽皮挑衅的斜枝
令那如刃之风
不屑搭理我
宛若放过一个无名之辈
令我在风中
略微安心

余生

若在北方
仅凭那些树枝点亮的高光
足够照耀冬天
若是在南方
尚可捡拾山风涤荡过的旧词语
缝补越来越瘦的流水

天哪！

深秋的落叶

还在北方地面打着卷儿
竟有雪花在南方天空飞舞
多像一场烟花！

等一场雪
最好把底色抹黑
如果没有夜晚光芒涌动
是否能看见醒目的白

而此刻京城的天空
太阳刺破白云
正点燃不惧严寒的斜枝
多像一场烟花！

没有人能握住美丽色彩

随手拾起的叶片
正以不易察觉的速度在褪色
如若不信
明天
或者明天的明天
再仔细看看

人间之外

此刻在银杏树下再次听见
人间之外
世界是安静的

（此诗写于 2021 年北京）

听闻一个爱情故事（系列）

听闻一个爱情故事

遇见谁不重要
时机才重要，听故事重要
剧中人需避开初始记忆
避开敏锐的眼睛
但一定避不开毒

故事的情节不重要
结局才重要
推向高潮更重要
且有几个备份
分布在不同的路口

爱情不重要
偷盗才重要，到手重要
承诺时相信来路有故障而不是陷阱
谎言不重要
信任的那个人重要

玫瑰

没有亲历爱情搏杀
恐怕永远难以体尝
玫瑰作为一种隐喻
娇颜之下藏有小匕首

淋漓尽致诠释了
亲密幻象的诱惑
刺杀与幻乐
血染沙场之后沐浴更衣的
爱情三部曲

蝶

鉴于蜕变的几重环节
用于嫁接不可救药的事物
对谁都是一种慰藉
何况它有
映照之美穿透烟尘
那么自然为自己安上羽翅
抖动时溢出的幻乐
足以让一个人忘我
还有多少传说的迷惑
令一只小虫子几经生死
还不可停息在尘世流转

没有岁月可回首

到尽头了
还记得那些声响
稚蝶爬过的征途
绕开帝国的寒风

一场又一场冬雪
将多少羽毛
生生地打入尘埃
唯留一地寂静的幻声

那个冬天有人失去了归期

没有谁愿意相信
用洁白营造的幻境
盗走多少秋叶
又骗取多少春风

而有人还在等
这些翩翩而至的
定然是信使
晨露扣留一夜欢愉

拴不住心猿

美人葬花
并未细数花魂
只想让这诡异的人世
长出来
也能收回去
“开始的地方，也是结束的地方”
抑或是，美到极致
需适当降维
时光的枝头，茂盛与陡峭
是造物主画上去的
既不能停驻食之
也不能以缰绳拴之

时间的结

时间向后推移
即可看清楚

两个人相爱的那一段
时间挽着一个结
是蝴蝶结
也是同心结
若不小心挽成个死扣
只等寒天时节
变成那只脱壳的虫子
让弱小之躯
从内里逃脱
将死结留给后来人拆解

悖论

黑暗中爱至极愿随心求死
阳光下为求生存而耗尽阳气

据说是有趣的灵魂

将隐形的利刃
刺向身边所有最亲近的女人
但他的确有趣且有爱
或是典籍中的女人
或童话故事里的女人
或是十五夜晚嫦娥之类
用来隐喻的虚影女子
他用极尽美好的文字
抚慰她们
他不厌其烦重新解构
重生为他遐想的完美形象
并为它们点亮百盏心灯

桃花塔

桃花搭起的旋梯
邀你登顶，朝圣般跪拜于
三月的塔尖，似鸟之物
是蛰虫惊而飞起
被最后的那枚花瓣
绊住了羽翼
鸟看着塔，这神居之地
你看着鸟，这天赐的神物
塔看着旋梯
这春风吹来的幻象

春风劫

悬梯？不行
舟楫？不行
弹射器？也不行
三月对桃花而言
是避不开的福
更是美颜之祸
任何隐喻都无法使之渡劫
春天里寻觅宿命
为春天创收
也注定被春风收割

桃园

说女人如花
“这一波是三月桃花”
今日春风打过

周南桃妖退回了典籍
剩满园时光的残枝顶着嫩果
多像留守老男人
既当爹又当娘
喂食着一波弃童

三月

像蘑菇在林间
“我可能会被采摘……”

似乎迷路
又似乎在等谁
也许是小仙女
也许是小兔子
还可能是鹿鸣
或者等一缕得意之春风

若它们来了
就一起构建林间关系
若拿走
请识别属性

真不可思议
有些等待腐烂之后
竟然裂变成菌子
再蓬勃

不如陷入深一点
在沉寂中聆听寂静之声
“塌陷真的是一种完善”

呓语穿透

忽闻麋鹿跑进林间
惊起绿色雨水渡我一程
瞬间浮上来
像开始那样
这林间我真的来过

后来

“该来的都会到来……”
曾一度深信不已
密集的林间是路口
也是归宿
草木蹚过水跨跃火归为土
小兽蹚过水跨过草木归为土
虫子半生寻觅半生更衣
也有人跨界求解
鸟鸣誉为最美之声
被广泛模仿
静默者视为谢幕
直到后来梦见
舟楫在茫茫大海上
浪花无边无垠荡漾
我再次确信：
梦中的事也是真的
一定有人走水路！

所有的光都是时间开出花朵

世界安静

须得有人绽放
方对得起
这人间生来如花

伞

一百克分量的伞
能撑起太阳
与流水
还能承受长风撕裂

一路上有花

远望朦胧
意象有叠加之美
闪烁如星辰
不由心生浩瀚之境
不由追逐
当远方抵达眼前
遍野花朵
一边明亮一边熄灭

无须证明

实在无须证明
我是谁
从哪里来
要到哪里去
只有天知道
我只是走走天道

至暗时刻

再没有比这更安全
这时候出来活动的人
也怕掉入深渊

变变变

笋子变成竹子
桃花变成桃子
月亮变成镜子
太阳变成影子
首句变成末句
余晖晒干影子
月亮割裂镜子
桃子甜了日子
竹子挤出笋子
笋子成了老子

告别五月

香草生于雨水
美人死于雨水
时间真的有巫毒
专对高洁之物下咒
就当囚渡一场水上岸
此刻不留

我要去六月

从钟摆退下

过去的五月
祥云去哪儿啦
这么多的水来自哪里
满山都是冒雨采艾之人
从背影看
有不易察觉的念想
允许我
升到天空建一座花园
专种发霉的种子
让腐朽之物再次蓬勃
一部分作为养分
一部分作为虫蛹
剩下的作为治愈的良药
赋予死彻底的人
重返轮回之境

（这组写于 2020 年）

几世繁花（组诗）

几世繁花

（第一季）

此季花开
正是她无声的笑
你看到的
和只有她自己才能听到的
是不一样的笑

一世太短
一朵花的一天就格外长
容得下万千邂逅
反正有人替她招摇
露水不同
它恰如其分滋养
是最早起身的爱花人
太阳排其后

提到摄魂
所有的色彩与赞叹
都沉默
特别是
花容寂然
头颅低到尘埃

那一世花开指间
不可言喻地会心一笑
彼后再无人
能够真心
对他人微笑
或者是
什么样的笑都可呈现
唯独微笑扶着自己
若不信
可摸着心问
笑了吗
怎样的笑

每一朵花
都是神谕
有人想登高
需得在火焰上绽放
沿着闪电
回到天空
看那些星辰
就知道
有无尽的花儿殉情
但这不是结局

看到花瓣凋落
正是她要拆解全身羽毛
这凡尘无用的翅
拼了命也要搭成闪电
足见一个人为爱忍痛
之决绝
或者她宁愿做梯子

将星辰托至天上

以至于后来
干脆在悬崖怒放
对应天空
终究是悬挂
或摇曳
终究是在深远处
夺目
并凋零
曾经从花瓣上挤出来的那些汁液
不是血
是她的年华

她有十世灵魂
九世离魄
八世为盗
七世深陷
六世侥幸逃脱
五世离卦尽显枝头上天下地皆明亮
四世落红随流水
三世万里追踪
两世相约
今生为花
来世为星月

有人栽
有人摘
遇见不同的赏花人
命运将会迥异
依托

或摧残
就看谁养得更为明亮
或是求见圣者
阅尽人间
编撰典籍
有人从中揽胜
有人从花揽胜

（第二季）

有多少命名
就有多少转世
得十次以上的描述
才能大致说出来
一朵花的情缘

从来就没有谁
甘愿放弃命中陪伴
也就没有一朵花甘愿放弃蜂蝶
但其实
蜜蜂是前世的刺
蝴蝶是鱼的转世
它们早已在虚空成为追逐的意象
冥冥中
她托举向上之心
自水底升起
上来前
花儿只记住水

眼前陌生而奇异
来之前定然不会想到

天地茫然
时间别名叫流水
隐性是风
被风推着
又被风追着
无论在空中
或低处
布满聚合
与别离
为谋求保障
花儿招惹蜂蝶
便有了洐生
有一种迷人
叫自由之花
有一种暖床叫原野
举目眺望
遍野花朵
奋力将自由
绽放到极致

世上每一粒光
都有对应的黑影
那影子是某一世的坎
如同这一世花儿与季节
跨越须付诸一生
不如转世
她开始向往星辰
夜空深邃
是记忆中最深的湖
耀眼的小东西
你干什么呢

“追光呀……”
重振前世的鳞片
时间聚得全部光
都交付闪电
一场天上人间的虐恋
由此拉开帷幕

石上开出掌纹
生来就手握如此硬的命理
以抵挡时间
那个叫“悟空”的行者 从石头里蹦出来时
就塑身为时光证词
再次证明时间选定他
也打磨它
不然有谁坐定如石的风中沉默不语
就可将时间点亮

一生只开一次
一次绽放一瞬
在众人眼眸中
留枯萎给人间祭奠
而花魂
沿着月光
已候鸟般迁徙
西域遇见她
那般明亮的黄
时间赠她佛系的名字
叫塔黄

任何撩拨
抵不过眼前的昙花

似乎带有宗教暗示
在它的背面
夜幕像一本禁书
可被时间拉黑
也可被黑暗焚毁
但不可翻页
不可摘取黑色传说
如此近距离的禁忌
昙花所能迷惑的
也只能令那个人熄灭生活夜灯
令黑色更黑
子夜花从来不图唤醒梦中人
只乘那一瞬光
渡过凉水黑影

正如一首诗
除了分行
可尽情抒写
每个截句皆为断章
连起来完成一生
任何偷懒皆易折寿
倘若遗忘
欲从虚空寻回小欢喜
仅观赏还不够
须聆听
这一刻风中
忘忧草轻轻摇曳
俨然优雅无虑的小姐姐

时间夹角
莫名的和谐

归拢于两道虚线
呈开放式蔓延
花儿接纳了蜜蜂的刺
又邀约蝴蝶
而蝴蝶天生有死去活来之变术
令花儿为之忧怜
又心生崇敬
花儿与蝴蝶
一逗一趣流光溢彩
伴随成群蜜蜂唱响一曲蝶恋花
而蹁跹舞动
任谁闻声而至
眼前的仙境
遍野蜂蝶花香
定会迷醉于这东方神曲
学蜜蜂勤劳永爱
学蝴蝶
在世转世
学花儿任意时间闪亮
此时此地
刺不是疼
死也不是绝
眼睛里
唯一派和谐共生之境

大地温郁玄寂
玫瑰适合生长
而不宜争宠
不宜放任小匕首
引爆诛心之痛
看遍野花开

为今夕
虽人间酷热
而小雏菊
已经等了天上一岁
人间一万年
此一夕绽放
只管梦里梦外
相聚缠缠绵绵
此刻月亮是一滴泪
替她将生生世世的相思
收拢悬挂天边

回去的路
被风压得低了又低
像犯错的孩子
从背后看
狗尾巴草竟有空茫之气
仿若转身遗忘
仿佛命中绽放的每一朵花
每一瞬耀眼的光芒
不曾有过
它再次抵返尘埃
与时间吻合
与星辰遥望

须穿越药典
穿越春风春雨春光
穿过五月
回到庭前屋后
沿着藤蔓
托出娇艳之蕊

迎着和风
坦荡荡呈现
“我已丢失月亮，这一世我要结果！”
时至今日
她已完成十世繁花演变
再以一朵酿瓜花
回归烟尘
并巧妙地占据尘世两季

（第三季）

“纵使有一天上苍收回大地
也会把我们都带回天上！”
由此而带着天命来
由此而规划一生
裂变
与衍生
熟悉是呈现
不知名方为修行
星空背面
追溯另一生
星子们如此璀璨
而又安静
原来落花与流水不是凋零飞逝
而是它们驾着命运的翅膀回到天空
有序地照耀

沉浸式地绽放
想必花儿的影子守在背后像贤内助
明亮与阴影向来并存
是否有兴趣探究竟

这阴影处
到底隐藏有多少秘密
将某处荫蔽打亮
对应之花瞬间失色
这就奇怪了
赶紧关了吧
让阴影暗自蠕动
倘若它有怨言
只当时间切换

想念时
尽可能躲避被虚无砸中
当水滴变速
应先想到凶器
获取更多的避险时间
退回高处
是一个自然而然的选项
也就不用羡慕云
“我就是云，心安处是故乡…”
虽然渺小
可一朵云
大过星辰
并不稀奇
她可以被天空
和大地放出去
再唤回
转世之前
花儿充分收拢
回到空中绽放

（这组写于 2023 年春天，共分“三季”各若干章节）

这一世只醉水（长诗）

（我是谁？我从哪来？我要去哪？一首诗借水抒怀，揭示水的母性与神性）

假如没有水
纵使有凌空之心
世界也就一粒石子
我便是那无法转世的枯尘
都说世道好轮回
来之前
我没有把握
今生踏谁而来
到底水是舟楫
抑或是母亲领我
来若浮世

宛如滚雷的轰鸣
缘何瞬间寂灭
宛若布帛的长水
缘何撕裂
又缘何重合
宛莲的浪花
缘何只剩苍凉
我几度以为
白才是世界唯一的光
直到那天看见
有星辰藏于滴水之中

拨开浮沫
且绕过虚花
亿万弱水只寄宿一粒小水滴
水滴与水滴
聚散两依依
我轻轻呢哝
——母亲，母亲
也请你喊一滴水：
“母——亲！”
在相濡间沉醉
此刻，适合遗忘
适合于滴水中坐化

光阴在水面写着无字书
世事尽入水中
从未有其他事物
如水般，看啥像啥
看啥又不像啥
入眼所及的，是传世的闪耀
及星辰碎片
抑或是我在水中央
仿佛宇宙缩略成一方庙宇
时间虚化
让自己明亮起来
跳跃的水滴
是宇宙也关不住的诵经符

收容时间里的呼啸
雷霆，太阳风暴
森林伸缩的欲念
连同我心内的波澜

到底有怎样的魔力
听从宇宙之王赋于使命
当然，王的心思不要摸透
何况还有个问题我想不通
被收服的风，因何从水里蹿出？
是传说中的叛逆，逃离
或是水域故纵
疼痛在心里一字不说？

坦白讲，我晕水
清晨当我从草尖滑出去
露珠这样的载体应当可靠
世道蜿蜒，人间低沉
悬空之境，旋转的力道同样强劲
太阳光芒照耀有诸多不同
温暖自不必说
蒸发，消逝
有不可逆转的恐惧
而当夜幕降临
向上，向下
都是深渊

即便如此
一味消沉也不可取
世上无论多长的河流
有一部分定然是暗涌
好比醉饮之后人生断片
只能当作跨境
不可当是尽头
或以为是时间断流
试想一下，那样的鸿沟

闭闭眼也就过了

但见一滴倔强之水
不惜摁下燃烧的火焰
掐断俗世的毁灭之恋
将澎湃之心
托举到荒原
向天空攀缘
一座水砌的丰碑
在虚空
在时间的对岸
闪耀着剔透晶莹

主宰者眼里
世界是同步的
而我眼中的流水
至始至终都在维持秩序
平缓的，给幼童的我
让我不至于溺亡
湍急的，给长大的我
如同时光伸出藤条
抽得我疾步前行
必定还让我学会判断漩涡的位置
中年的我，逃不过
时光如水汇聚又分离

世上没有一粒水
不被光阴撕裂
成越来越多的小水滴
仿若子子孙孙
“没有一滴水能在同一条河流待一辈子”

每一滴水都会离开原乡
无以安放
也无法留住的乡愁
继而蓬勃
由此而漫成江河湖海

还有谁被太阳烤而不逝
经得起任何时间与温度的考验
它时而腾挪立足
容得下世上所有月光
让低垂头颅的人找得到心中图腾
还有谁？今晚饮下一炉火焰
明朝又吐出一炉火焰
还有谁？滋养尘世万物而乐此不疲
还有谁？用自身心肠洗净世间浊物
还有谁日夜兼程走成人世
永恒的行者
还有谁？只一个字包含众生

需平抚心内惊涛
水滴上雕花
简洁明了的线条
此刻稳定，试问
你在哪？试问
我在哪？
哦！——
此刻我，理解一首诗为何只有一行
也明白了另一首诗
为何长短不齐
从一滴水走过来
重复，而又永不停息

从一滴水，照见前世今生
从一滴水度化
历经轮回

寻着一滴水问
神仙因何下凡
即便化为雾气
也是由大地举起
我们回到水底下谈一场旷世之恋
如果想甩掉我
请替我给如来传个话吧
把我捞上去

需要哭一场
将生命里的水倒出来
本性未显之前
以时间命名
交由时光涤荡
今朝
将油腻的脸洗三遍
夜晚重复
并在号叫中一醉方休

一滴水
化万般滋味
朝夕来去
跳出固有之器
上岸之人
是潮汐也是神话舵手
驱动一场又一场风波在人间
掀起滔天巨浪

拽住神的衣角
待它平静时
头顶星光
脚下是腐朽的气息
此刻莲荷作证

（写于 2021 年）

第六辑：散章

异常冷

每到年关
风雪就带着微小之兽
撞开尘世的巨门

流动的人群中
原本的和谐发生微小的变动
有人临时改变了方向

有趣的是，那未知的未来
将有人牢牢锁在夹缝里
并以幻象的方式获得永生

于是天空
照收了我们呼出的热气
且归还一个更大的虚空

人生长短路

从生到死
一条路走直
两点间最短的距离，一奔到头
情长智短，须走走弯路
少一寸就不过瘾
把年纪走长
或者停下来
借棵树下打个盹
如来如去

人性向反

不想追究隐疾里的锐气
利刃刺破绝境之声宛如过耳风声

有底气而不质疑，丧失了先机
收回初衷的赤诚，做别人想不到的新鲜事

农夫丢下镰刀而赢得风声
王弃车又弃马终赢得草木皆兵

诱

近乎透明的细线
绑一丝细肉造象
引来三尺垂涎
亢奋，伺机，争抢
冲动之下，冷血者竟然目光灼热
所耗费的体力和时间
被虚空吸收
引诱者宛若静物
眼前，任意一个吃着细肉者
都将被一根细线提走

人不多

不过是在虚空
谁都是微小的庞然大物
看不见的它们
同样也看不见我们
一阵风，吹走它们
也有另一阵风
正把我们吹来吹去
有时候，折服于自己内心的恐惧
无形之风，先吹走谁呢
更多的时候
借助阳光给自己壮胆
喝一口别人喝过的水
嗅别人嗅过的空气
把别人变成自己
再把自己变成别人
就这么些人
一个个数，数得完
何况变成灰
把世界烧了，也就一小撮
我们逝去的亲人
有谁返回过
除了从一粒尘埃
变成另一粒尘埃
还有谁不变的吗

但求无愧

李白说的是“古来圣贤皆死尽”
一个人的文字盛宴
众人皆狂欢
先贤独咽自己最后的晚餐
与人世别过
对天下有用的人，但求无愧于心
无须求得别个谅解

找不到好女人——“老头子说的都是对的”

种香料，布荆棘
等月亮一起翻墙
指认星光不给梯子
如此女人，或者不是好女人
下午茶时间
收集精致的忧伤
撒娇而不撒谎
随意散发气息
如此也不是好女人
种蛊而不给解药的不是好女人
镜子里找不到自己的不是好女人
饰演仙子而身怀匪气
身披水性
过河不湿鞋
烟火里纠缠
时间断裂而不会焊接
也不是好女人
培养无邪少年的不是好女人
启动美少女套狼的不是好女人
咬狗的不是好女人
向猫借命的不是好女人
求佛甩包袱的不是好女人
尝试低成本事物
盐罐里求糖
烟囱上祭神
嘲讽之声当作过耳风

隐疾里藏着锐器
不是好女人，不是好女人
不解游戏与人生关系的不是好女人
无味中提取毒
掂量中疑虑
不是好女人，不是好女人
患厌食症而化身蝴蝶的不是好女人
琐碎的光阴里细数什么都不是好女人
挂风铃招摇的不是好女人
只恋爱而不想失身的不是好女人
一生只爱一个人
如此生生扯不断地纠缠
肯定不是好女人

女人不相信爱情

拿日子里的薄片
贴敷时光里的郁结
只酝酿一滴慈悲泪
馈赠自己的女王
女人说“吝啬的男人用来辜负”

抽取体内的红丝线
编个同心结
搁置幕布中央
早中晚的诗行都成为背景
如此看来
一切都是免费的
女人说“玩小浪漫的男人不可爱”

摄录时光侧颜
不与正面交锋
男人捕捉到
每一个镜头里的恬静与美好
女人不解地问“你眼里到底有没有我？”

他也不怕烫
火中取栗
只为给自己的女人尝一尝
光阴里那股热腾腾的香气
女人说“此男不可靠”

跌倒爬起来之前
抓把沙子揣进兜里
回到家，夜半挑灯
为自己女人堆砌遥远的沙漠
女人说“此男不可信”

秋天的原野
他收集树叶
在十二月的风口
破译冰封路径
为她构写的来路
永远都标注“未完待续”
女人说“此男不可久陪”

命运关天

天下事何其多
猜猜宇宙之王何其忙碌
但其实王也不是最忙的人
它只是早布局晚收局
局中忙碌的
皆为满天下身不由己之子

模拟死亡

抛开一切熟悉的
去往陌生之地
宛如一次触摸未知的放逐

千万次遇见
就有千万个初恋
在失恋的宿命里求证痛点

看不见的哭声

不知虚空之前
世界是密集的
那些个风声
正是此起彼伏的哭声
从未有过平息
谁的脚底没有踩着别人
头顶是透明的微尘
脚底下的尘埃泪流成海

后来，尘埃

那些个曾经被放弃的人
正是落入深渊的尘埃
在时光滋养下
有的已成为坚硬无比的垫脚石
后来重又被人们盛赞为先圣
传颂者用它们搭起阶梯
一步步往上攀爬

适量的苦

伴随呼吸
苦味可以助力肺脏
岁月之青汁
用于降伏过盛的心火
光阴里挤出的苦胆汁
能拔出日子里的毒
劫后余生的人都会庆幸
能吃点苦的都是有福之人

侥幸逃脱，就像是躲过了偶尔落下的铡刀

有时候落下雨滴
有时候落下鸟屎
有时候落下人言
诸如此类失控的
甚至可以仰视的轻微之物
而万一失控的
不仅是刀锋
还有前一秒或者后一秒的
薄命呢

假如重要的那个人走了

后来我发现
在晨曦，在露珠，在屋檐
在薄暮时分，在悬崖
在潮起潮落
在灯灭星起时
在萤火虫敲开螺壳时
那个人一直都在
在腌制日子的器皿里
有时候还在那该死的看不见的地方
“一个自闭症躲在自己的心里”
在一切心能抵达的深浅处
在一切所能生发悸动之中
一旦触不到
便不会有诗

在路上

除了走为上
业已无计可施
“到现在还在向古人学习？”
一个人来
到一个人走
仿若什么也没学会

孩子和老人

除了索取
孩子眼里藏有最小的心计
还盛满中年人
遗失的轻

除了放下
老人后背驮着最重的岁月
心上还压着中年儿女的
幼小之心

古老寓言都是人类各种典型心理的高度总结

为了稳定局势
上苍在人间的两极
设置一个天堂再设置一个地狱
天使路过人间
发现其实都要先过一道炼狱
恶魔在人间
按忏悔的程度可争取获得免死牌
天使决定留下来
做人间的孩子
为天堂引路
为时间修书

再上路

前一天
梳理旧灵魂
后一天，坚定如磐石
带着新名字，挎着新包袱
迈出新征程的步子
有着新平衡

没有人能留住此刻

此刻，唯见
此刻，但凭想象
在最美的花瓣上打结
遮敝的部分已成过往

雨天的这一刻
和阳光下的这一刻
一朵花究竟不同
这一秒和下一秒究竟不同
看一朵花在时光里的变幻
宛如一个人在别人那里了解
原来有那么多个自己
在时光里不停切换

此刻已过
微小的时间已过
去见更好的自己
相信，能够来的
都不是等闲之辈

轻

泳者见勇
跳下去
驾驭一道大水
也敢用江河湖海锁住自己
但见一身重水脱落
正是他上岸之时

不过如此

除了我们
还有谁知道
太阳是为自己而晒
我们也是为自己

都以为触碰不到世界尽头
但其实
我们都在世界中心
也在世界边缘

世界到底是方的还是圆的
只有世界知道
但它从未抛弃我们
或者说，有谁离得开

就连影子也可大可小
取决于一束光
阴郁时，何不将心头照亮
让阴影缩到最小

时间

坐久了
有人就变成石碑
仿佛化身
安插于人间

作为大地的掩体
植物塌陷
又立起
仿若是唯一不惧生死的人

子夜时分

与其在长夜内耗
不如练练分身术
两个人的交汇地带
我是我，你也是我
学会释放另一个自己
自带光芒的人何惧至暗时刻
此刻，若还有一颗耀眼之星
一定是我的那个你

但其实无论哪个我
都回不到最初
另一个我还在
苍穹之壁
攀崖人经得起黑夜深渊的凝视
待登顶之时
两个各执一词的人
在子夜时分讲和

纵使

纵使心内本无阳光
甚至有着深渊般的阴暗
纵使长路漫漫
永远走不出森林边缘
纵使命运斗笼里，充满着习惯对陌生人的欺凌与放肆
从而淡化自身的渺小
纵使面世而忘世
跟自己悲欢与共
仍须付出十足耐心
好好走完，这上苍划好的路
纵使晴空一声雷响
也不过像一个人的心跳，随之恢复平稳
纵使闭上眼睛便于躲过黑暗
纵使十根跳跃之趾
宛若悬崖峭壁的层次
攀爬，或跳下
都是牵引之痛

缩短被时间拉开的距离

较之万年前
现在我热爱大地
且独自居住
在人世凸起的洞穴里
不用担忧猛兽从心里蹿出

现在我再走出去
且有足够耐心
寻找空隙
跳开亡我的时间挤压

作为洞察的眼睛
微缩到每个事物中
令我渺小得只剩虔诚
将诗行深信成经文
与万物唱和

（写于 2021 年至 2022 年）

第七辑：与己书，与尔说

孤独不是一个词

此刻在屋里
一个多年的家，家乡的家
陌生人变为亲人
有基因的传承人
有门，有窗
可供乡愁进出
有很多爱，和说不完的话
还有未来的素描
却写不下越来越多的乡愁

诗人

就是有那么一种人
仅凭语言的表述
就能把世界画出来

与己书

迄今为止，你与我
或者说，总有另一个我
在别处
像是一个人的两条魂魄
各自游离
够不着的总是最好
最好的人都有莫名的美妙
此刻不负光阴
你写一首诗的前半截
我在你遥远的同一时刻
已写完了后半截
我对你的景仰，与追随
好比你一开口
我已知你的全部
这令我有点恍惚：两个人的默契
大过今生？

我的眼睛

它们曾经不辨方向
不思进出，在我打开眼睛之前
它们在时光里沉寂
世界患有慵懒症
此刻，我有些自责
那么长时间
我竟用眼皮将尘世的繁华围困
繁华的背面拒之眼睑之外
原来我的眼睛是开关
现在，乃至未来
需要光，须我睁开眼
即便在黑夜
也会叫醒另一个我轮值

衔接

别样的光
别样的寂静
别样的我
别样的主角和故事
在我沉睡时替我醒来
为我演绎

谁

一定有两个一模一样的人
分别在相距遥远的地方
然后，向着彼此走来
有声的，无声的
有形的，无形的
从无穷远
曾经离去的那个我
气息愈来愈浓
以至于，有人觉得
眼前似曾相识
也即没有无缘无故的热爱
热爱渐渐回归的自己
但没人能拗得过时间
时间从来不受约束
它从未停驻
总是来了又去
刚开始的熟悉，接着开始消褪
任谁都略短于时间
以至于没有人完全够得着
那个和自己一样的人

一个人的千军万马

我培养自己
成为精锐兵马
分头去看天地辽阔，
我是我的道路
我是我的流水
我是我的舟楫
还是我的蓑衣
我自带闪电
还备有铠甲
我不是斗士
只是天地间的观光小兽
我的马匹到了悬崖就回头
我是我的伤兵
也是我的救生员
我在原野播种
我还是坚守的稻草人
我有足够的眼力
还有风的灵敏，速度，及力量
以避开光阴的突然袭击

闭环

当初的一招一式
正在延续
时间终究有自己的判断：
“孺子可教”
发出号令，会有不定时的回声
一个人的虔诚
在于冲锋而不陷阵，好好地
走一条有头有尾的路

嗯，大致说来

幼年索要
童年求真
身不由己之人
忙于重复和一再重复
如此枯燥的事
少年总是不亦乐乎

青年热爱并抵抗热爱
兼顾求索和模拟
君不见，被模仿的人在前
模仿在后
譬如夕阳西下，累了睡下
世界莫不如是

中年忙于遗忘和探幽
偶尔醉饮
偶尔指点江山
老年丧失宗教和味蕾
睡眠也一再缩短
有人从逆境找到回去的路

不要说

接受裂痕
在此罗列之词
是我的自言自语
世界本无完美之人
除了自己，世上亦无坏我之人
时间修复着每一个破损的事物
疤痕是空间，也是勋章
我以在此
和自己私语模式
来平衡跟世事的相处

无论西东

一个人拎着自己
得承认天下是天下人的
借一条路走走
能上能下的路
有进有退
进出自如
就是不必逢迎左右

人生加减法

这一阵子
整理了一些琐碎的事
很自然就滋生了许多幸福感
遥不可及的事物
因畅想而回到眼前
如此明快的归心
有着莫名的安逸
却又令我有一种在时光中进化的恍惚

最后一行写给余生

现在，任何时候
我把一切都变成了诗
我的整个生命
过去，未来
前世，来生
我莫名开心
又悄悄替我担心
我会因此而远离人类吗

诗人

到那天
有字无字
都一样

鸟儿和少年

作为孵化器
但凡想去的
像原野，溪岸
树冠的背面
冰雪上的踏板
蝴蝶的上方
蒲公英的故乡
……太多想去的
有光孵化出美少女的地方
少年挪移或停顿，都非常决绝
但不是戒断对天空的依赖
只因辽阔作为意义
鸟儿作为隐形之风

高处不胜寒

不同的悬空感
导致了不同的攀爬
和跳
对于年幼者
最大程度降低晕眩
过来人总结：
“与愿相违的事，老天一定另有安排”
想从星星上抠出虫子
不提钩子
便有亿万种可能
或者除了亿万钩子
只剩下一种可能

妙

这一跳
妙在得知脚底的高度

愚言三则

（一）

九旬老妪上午还在摄录植物之美
午睡后就没再醒来

（二）

猫有九命
每一条命皆归于坠劫
它把向上的空间留给星辰

（三）

一页页翻阅
一本书读完也就“好了”
最后一页留与你读
也许是前言

果然

足下过滤的
正是前尘往事
这命运脱落之物
并未停滞
辽阔的虚空
正以隐秘的方式收集
再大手笔释放
漫天星辰
正是人间的燎原之光

我们的火车

深空疾驰的良驹
驮着尘世穿梭大道
流水与穿堂风
等候的站台
远方殷切的人
都贴紧玻璃之境
试问人间坦途
一旦逼近暗涌与急迫
眼前略带薄光
有待调整的呼吸
越来越接近
追索散落在时间之外的人间

奔跑的玻璃

不断呈现
飘零的山峦，房舍
静风拉动长川
一去三千里

草木，沟壑，桥梁，隧道
凡是能被拖动的
天色，雨水，高处之鸟
明晃晃的光与影
都顺从了时间跑道
疾速来去

偶尔有波浪状起落
一如某段光阴被敲碎，抛洒
云中月，水上花，道上人
顿失逍遥
铁轨贯穿，疾驰之境外
万物紧贴着一面玻璃
反向奔跑

火车一路狂奔
人间也跟着狂奔
玻璃拖动万物，又猛然放手
将一个又一个远方惯性流放
远方扑面而来
远方涌动而无声

远方与眼前
在光影中流转
情节交错，跌宕而归于顺从
继而挣脱
退逝

繁华接踵而来
又一掠而过
像极了倔脾气
像极了躁动与睡眠
像极了宿命与轮回
像极了远方可望不可即的画册

疾驰之境
乃浮世掠影
一面玻璃
急速翻阅尘世
每翻过一页便盖上一页
像极了遇见和归隐

忙忙碌碌的，皆未得正果

草莓比心
有人获得画面感
有人获得草莓
全部吃掉的人
获得了糖
就是没有人获得那颗心

台阶

倘若有一天
你看人间事越来越少
人间越来越小
你就会相信，虚空也有台阶
不知不觉你已经上来了
当然，这台阶也
供你下凡

因为，我在

直觉告诉我
周遭挤占
我在狭窄的缝隙里挪动
我只是一粒尘埃
而我的内存庞大
装得下整个世界
我如此安静
不自觉还是会惊扰他人
无风也会起浪
因为
我在
我无时不在

没什么好拽的

千里之外
有个和我长得很像的人
可我这么好，她却那么坏
另一个千里之外
也有个和我长得很像的人
她那么好，我却这么坏
所以我提醒自己
谁知道我死了几次又投生了几次
不经意就投生在某个角落
那个好的，坏的
都是我

聆听是一门美学

冬月十一日有两场聆听
哪怕耳朵爬满荆棘
丛生小盗
一边窥探，一边拔刀
盗高一寸
寸心滴血
聆听者魔高八道，愈合得也快
倾诉者和聆听者
一场没有恩怨的较量

在绝境中共通

体温接近 41 摄氏度
但我觉得和 36.5 摄氏度差不多
除了感觉马上就要掉入深渊

迷糊中看到她极为吃力伸出一根手指
三米之距如此遥远
我和我的孩子
戴着口罩
说不出声
却有着绝境共通的默契
传递活着!
一瞬也不要停止!

持续发烧
压迫感自正面而来
有许多星星在眼前相撞
隐约听到星子们骨骼碎裂
我突然明白
生来筑巢引兽
自它们进入
就不会离开

我的身体承载无数微小之物
每一个都挤占我
除非我相信自己更强大
相信医学里的激素

是我养在体内的宇宙之王
在虚无中平衡着我
以至于我
无数次战胜自己

我一直都爱
特别爱同类
我不喜欢旧东西
包括时间
尽管在可见的影像中钙化
却提醒我症结
终究惊吓过我
如若灾难没有发生在自己身上
我不曾掂量悲伤何等巨大

此刻我正饥寒交迫
看到眼前打翻一锅热汤
“今天草药汤比牛奶好喝”
她说只想活着
对比着汤
想象着选择的权利聊胜一筹
活着多美好
就算老天也没有权力终止
未完的人生

鲠在时间咽喉的
远非那根刺
是利刃
任其卡住想必是个死
要么顺势拔去
如此之疼

尚且忽略不计

抓紧时间排毒！
特别是有效的时间之内
第十五日
在我们快要撑不住的时候
竟然抓住虚无荡了过来

用我毕生归置一颗心

我的城里住着一滴水
水滴里养着一粒心
心上有个大世界

止损

倘若你被以命相救的人背叛
你得诚挚感谢三个人
那个带走它的人
对你慈悲的命运之神
以及你自己

慌

圆弧形的花园小径
我比那人那狗儿敏捷
轻轻向后跳退
毫不犹豫转身
顾不上那人那狗怎么想
以前出门只是防盗防暴
如今只要遇到移动活物
须得提防它们带毒
糟糕的是
惊魂尚未平息
那人那狗又迎面而来
原来是他们比我敏捷
原来小径是个圆周
我们及时刹步对峙
并小心后退

多年以后

是时候
粉饰之词多得去掉
时光越淡，收藏之意越醇
彻底脱离水的束缚
多像无花果呀
淌过了漫长的雨季
吸足光
花朵在体内绽放
平静而随性
落发时节，益于明志
虚无之光已嵌入内壁
终日温和
随着时光渐浅
睡眠不再寻梦
不再以改名之举修改命运
不再铺设仪式呈现文字
不如随手挥去
偌大的天空，长短句
如不羁的云朵
行云的白鹤
又是无处不在的风

（本辑写于 2020 年至 2023 年期间）

第八辑：一锅乱炖，难怪时间会胖

听海

凝视海
仿佛听到了心里的莲花
像这样的黄昏
我历经十年
眼看浪花即将开上指尖
却失去了白
此刻眼前
我才看清楚
到手的
都是尘世的荣枯
它区别着时间顺序
即将转身时
我不忘深吸一口气
再吐出一口气

时间的手

有些事物一旦冒头
就有一把虚无之手摁下来
不容质疑的挟制
逼退着鲁莽冒进
听海的时光里
我见证过海水的盛衰
才明白那其实是时间的慈悲手
对永恒年轻的抚触

世事青灰

藏在池塘里的
大部分是青灰色的物种
这些被豢养的物种
死之前，都是无忧的
被豢养的
是豢养者的乐趣
看着它生
并看着它死
有人诞生的地方
也会有人终结
只是有时候
须得有人喊出一句：
“一个人最冷艳的
莫过于把自己投入青灰色的苍茫！”

细节

无伤大雅的宣泄属于自己
得需掌握技巧

飞出去的信鸽半途坠落
可能是天空设置了陷阱

看着细节就会多想
多数是主题先行的人

树冠注定放置高处
好让倒置的触须更为敏锐

一旦确认的事物成为遗忘
那可能不是记性不好

容器

一滴水变大到无限大时
它已经藏在一滴最小的心水里

每个有经验的钓者都看见过
自己的心顺着细线潜到水里

每一个虚构的故事终将变为真实
于是不停地虚构新的故事

雨水

过去的年份
但凡属于人世间的浊物
都构成坏天气

今日起世事趋向缓和
旧事物一部分埋葬一部分翻新
眼前充满魔幻

准备好的祝词
此刻有那么多感动之水注入
尘世还有弃子吗

幸存者

未遇之前的寂寞
一粒尘里挤满欲求
精子的尾巴
气管壁上急促摆动的纤毛
多数时候，能避开巨兽
却躲不过微小者入侵
从一个偶然
有人被借租了生命红线的一头
另一头扯不断的，正是命运
从四两拨千金胜出的
正是那个当裁判的时光小孩

同题

子成父
爷成孙
无论几代人
无论多少事
同样问
答案依然是
要么无解
要么蠢
要么就是明知故问

皱巴巴来去

皱巴巴的婴儿
可能从前世皱巴巴的老人而来
这一世皱巴巴的老人
又要变成
来生皱巴巴的婴儿
善于眨眼的人
也都善于忽略眨眼
似乎都是当众被时间带来
似乎也都是当众被时间带走
谁也不知道
自己的婴儿是从哪个老儿变过来
不知道谁会变成谁
自己又将会落在谁的手上

为何

背靠一场雪
原本喜悦的时光开始霉变
天光之影处
困境里的事物
与时间合谋
愤怒是一场雨下在有雪的天空
面对不需预见的寒气
有没有人想过
洁白的雪
和透明的水
为何构成泥泞

提问

跑着的男人
为何追不上走着的女人
这是几个问题

平常心

遇神不跪的
有这么几个
枯旧未倒的树
风化而碎的石头
吊儿郎当的少年
这些个家伙有时候摇头晃脑
不是傲慢无礼
主要是没有尊卑观念
更多时候
并不引人注目

“你中招，我就出师了！”

众生皆在此中
相爱的人谋划相杀的局
旁观者眼里
招式和输赢都是看点
只有一个人
想超越

一场又一场风暴

人间从未停止过风暴
他们说：
“母亲能制止一场争夺”
但从来，他们都当着母亲们的面
掏空家园
让风暴进来
一旦肌肤撕裂
鲜血淋漓时
滴水暴涨
他们踩着花蕊的脸
甚至他们踏着加剧的节奏吸干了光
只剩黑色之风
再一次淹没

说出来你可能不信

“这仗有什么好打的
死的都是本来的自己”

如此甚好

世事原本分类
只因各种冲散
才有了混合穿插
就说此刻吧
是来时
也是往昔
间隔的时间可以任意长短
冲散的事物
照样被时间的魔盒回收归类
然后再被放逐离分

弯道

不往北走
也能抵达北方
就是路长一点
只要斜路不是邪路
当沿途成为谈资
得有另一个说道

有时候

流言不可细品
天气预报和咖啡不作选择
品饮时刻不谈世事
可谈世风
深衣规避寒潮
路口择向
风口更应降低站位
风有时推着人走
有时候却是裹挟
所有人体内都有风湿性毒素
忍无可忍时
也可不忍

第三个声音

按正常寿命
每个人都有机会目睹
并思考一场战争

按非正常寿命
每个人都有机会策划
并参与一场战争

按超常寿命
每个人都有时间退出
并远离一场战争

时间的泡沫

酒桌上三分薄醉
有人说“世上没有相同的两杯酒水”
另一个说“时间重复着惊人的相似，
现在就像十年前”
第三个一直举着酒杯
象征性用杯底敲着桌面
杯中酒未少
却见酒位降低了

一锅乱炖，难怪时间会胖

储备了不少食材快要逾过保质期
心想该做点什么
买的时候是我一个人
该吃的人都忙
今天吃饭也会是我一个人
做多了不好
不做也不好
做刚刚好也不好
一样一样做麻烦
不如一锅乱炖
让时间胖去吧

阳光似刀

炎阳寒芒
大地像是多余之色
有冒犯之嫌

直见绚烂之花化为腐烂
像是活该被削除明亮
在这本不该枯萎之季

当疼痛不关乎自身
我们习惯忽略
溢美之词区别不同时间

枯萎之物无声呻吟
宛若影子躺下
等待铡刀垂直落下

真热哇！

懒得叙发这个夏天的酷热
不是说心静自然凉嘛
今夏，俺不关心流浪猫白天失眠
不关心流浪狗夜里睡觉
不关心无常世事的热度一再蹿升
只关心这院子
原本用以乘凉的宝地啊
俺也不敢多待
每日里时不时跑进跑出
挪动着俺的萌宠
只想守护它们周全

水都去哪儿了

就着树叶
咀嚼光阴的人
喷的全是口水
夏日太热，为节水长话短说吧
有人提议：
青年将豪饮改成细品
老年不如在叶片上写诗

似乎也是虚妄

就现有的植物
每三天浇一次水
酷热的时日也剩不多

可怜这单薄的人世
时间隐匿了本该显露之水
而体内涌出的水
正被虚空戴上枷锁

不远不近相伴且对抗
那些失眠中遐想的事物
都不会替我们观照

幸而遇见一位八旬老妪
宛若明媚少女穿过老街款款而来
她明眸旷达
柔和得像一杯温开水

大风来袭，我们依然期待美好

这里是 38 摄氏度秋天
万物继续闷烧
探出的触角又缩回体内
大风来袭之前
首先拉动的是
身体的警报
有人晕风而呕
污浊之物不可漫延
若是嫌烦
嫌脏
嫌累
也不要紧
就等一阵风携着雨来
冲冲刷刷就好

（以上写于 2020 年至 2022 年）

森林边缘（外一首）

（楔子）

那是无法环抱的古树
只管贴紧耳朵
聆听万年心跳
透过薄光与虚门
阳光浸染
万物有序释放

（一）

当初在树上构木为巢
直到有人
用石头敲开狮子的头骨
走出了林间
每向前一步
巨足也向前移动
此后再不能转身
从心理上逾越林间虎豹
只在这巨大的脚趾旁
挖洞，采摘，狩猎
苍生的灵触，无不追追索索
又见流水
像一只巨手
它牵引我
我牵着小兽
我是大地
因心怀好奇

而从未停下脚步
有人从根骨内抽出火种
将时间的长水一路煮透

（二）
身后是禁忌之门
门内万族林立
门外有无数个前方
有未知无限
巨足之下
刚从自然的摇篮释放出来的幼小生命
被一只无形之手
从前方伸过来牵着
漫走在时间沿岸
宛如幼童蹒跚学步，身后有人赶着
前方有人招手
“无论我走多久，你一直都在。”
学会观察
且参悟：
挣扎，趔趄
与站直身躯之间的关系
夜伏昼出
教时间在钟摆上行走
学会从低处的尘埃里滤出
向明亮处挪动

（三）
或徐，或疾
或钻入地底
或长空飞扬
水声洋溢着森林之血的味道

一点点抚触时间的味蕾
继而沁入心脾
瞬间唤醒
那些在火焰中逝去的
又奇迹般
在火灰烬层萌芽
冷与暖，冻土与消融
枯与荣，消亡与洐生
尽情探索
一切眼睛里的反常
是蚂蚁，就向前挪动
是飞鸟就向上

（四）

拖着它们
像放不下光阴的妇人携家带口
启程总是简单明快
若要涉足江湖
需用饵料窝一方水
构成崭新秩序
“我要当它们的妈妈！”
像爱我的孩子一样爱它们
向每一个比我弱小之物
发出讯息
大地诚挚且梦呓般
听！八方传来巨大回响：
“请把我爱成孩子那样！”
亲爱的小兽
觉得我有巨大能量吗
想必有巨大的能量
不然怎会有一条条路在脚趾前延伸

不然怎能反手牵动一道
又一道大水

（五）
就这样一边游走
一边记录时间纵横
与深化
记录向前与回旋
记录抵达与再启程
记录苍生世代繁衍
记录水与水的聚散离合
记录一片树叶的枯荣
及它的阴阳两面
记录鱼和蝶
风和波涛
鸟鸣与露珠
在时光中切换
时间因而有了360度的旋律
而当野火暴起
大水必将赶来扑救
当生灵凋亡
长水必将报之柔情
一点点唤醒
一点点喂养

（六）
就这样日复一日
每向前一步
森林的巨足也向前移动
原来谁也走不出自己一双大脚
不曾料想

走出林间
竟然还有浇不灭的火焰
蔓延之火
越过大水上空
有人僭越时间轨道
试图更改秩序
熊熊大火
无论怎样越位
终也没走出自身一双大脚
目睹一场火从高处坠落
并在大河之岸焚毁
那一脚还是踩不上去
原来水也没能走出它的一双大脚

（七）
目光推进
碧水青山交错阡陌
小兽们蓄水，保土
草木供养，栖息鸟类
蜂飞蝶舞，草动虫鸣
任谁走过
必沾满花香
倘若隐去真实年龄
都以为
承载繁衍的大地
必定永葆一颗不老之心
这样美不胜收的场景
不知从何时起
陷于纸上
仿佛世界缩小到只剩一幅寂寞之画

（写于 2017 年）

把沃土还给我

作为它的子民
大地本是我们的庄园
雷霆雨露皆天赐
沃土也是
万兽在同一家园
种植属于各自的谷物
我们喂养自己
也反哺土地
拥有回馈之心
我们坚信这才是上天的本意
而不是
掠夺
与毁坏

有人铲除草木
挖掘土地深层之根
种植另一种时光哑物
密麻成林
生硬的哑物
大地的入侵者
呈现没有灵气的异彩
仿若时间的废土长出谎言
时间啊
请停一停侧耳倾听
大地阵阵叹息

上天撒下每一粒种子

都为让它孕育
而沃土
种子的暖床
在这里我们培植属于自己的玫瑰
献给我们的爱情
不为采摘
只为开枝散叶
蝴蝶蜜蜂是上天派来的小天使
吻着花蕊翩翩起舞
萌化巨兽之心
和风伴奏
扣动我们的心弦

在脚下之土
不必舍近求远
西半球有车厘子
南半球有奇异果
而我的果实在东方之土
不同土壤养育的果实
或有不同的光泽
北美洲的波斯菊
会感应到
东方大地轻轻呢哝：
秋英哦——
此季豪放

（写于 2021 年）

第九辑：随意活着

——我负责呈现，你负责想象与分享

随意活着

每天
每时
每刻
在想诗
和写诗的时候
像极了生活的样子
心中藏有两条以上的途径
即分行
线索也是
某时某刻
不知是我在寻思
还是某个地方朝我发来讯息
不知道自己改变了什么
譬如重重险境
已缩小成概念之词
我已成忽略之词
抑或怀疑自己是迷路的小蚂蚁
渺小到踩不死
别人脚底下的空间
居然也是大世界
譬如打滑的石板长出青苔
尔后长出泥
尔后长出蚯蚓
在不知名的异乡
找到栖息地
或是凌晨四点全人类都在排毒

我在荡漾
选择上午十点
下午三点
晚上八点
一天三遛达
2023 年冬天在京城偶遇少年磊
那一双眼睛
想必被神吻过
然后照耀
并破除一场血光之灾
有人重获一条命
有人收集语气助词
时间不尽
感动不已
特别是
雨天想看星辰
倒立试试看
倘若深渊不敢跳
去梦里

权当享受

“姐，包括一切好的不好的”
多年前，小友如是说
想必是得以时光之神眷顾
历尽千帆，归来
佛陀般的淡然
驻上二九年少的容颜
那时候，我尽数不惑
二十年之后
远方传来一声“姐！”
我变成三十
再一声“姐——”
我变回十三

我们相信自己吗

答案是奢侈的
多数人不信看到的并非真相
不相信时间既柔韧
也有硬度
不相信尘世的雪，像初生的婴儿
也是时间亮出的利刃
不相信鱼骨头的构架缘于时间
试问，有人咽得下这二者吗
我们不相信世界透明又隐密
不相信虚无才是唯一标准
尽管虚无里的真实是多么令人发涩
我们甚至，不相信即便侧身
也会被迎面吹来的风推着行走
更离奇的是
有人不相信，自己的心既圆滑
又随时伸出爪子
在时间面前
一切将化为虚无
还有人不相信自己
本身就是正反两面体的怪兽

诗是我的

抒写的就是世界的
某个瞬间
认知是我对世界的认知
呈现诗意之美
无在乎对错
诗思
与抒写
指明一条道不必走直线
从零岁到一百岁
生而抱缺
以诗语修复
才有活下来的理由
与趣味
度量明亮
是宽恕的收益
寒夜那根火柴划过心上
天竟然为我所开
东风二级
北风五级
各据一方抒发诗意
彼此间须得足够欣然
初聚之欢
抑或久处不散
最不易时间一问
语境是否变了
天地荒原

一生穿过几座坟
诗行未尽
没有一扇墓门为我而开

随意活着

可缝补虚空
也可替虚空膨胀
诸如替神饮酒吃肉
若能拿捏打嗝次数
替他赏花时
只观而不语不采
肯定算灵与肉的提升
在路上一边晃荡
一边留意红绿灯
并一心三用给孩子们编织童话
很重要一点：
替离世的父母笑笑
一半为他们
一半为自己
孩子们可效仿哟
有时候梳理一下缠绕的植物
有时候什么也不做
杵在那里
坐着也行
卧着也行
哪怕歪歪扭扭
看流浪猫撩拨落日
看世人很努力很励志的样子

慵懒之猫

随意活着的
还有另一只猫
它在光阴里“蹭蹭蹭”
唰唰落下的有
正月的烟花
二月的扬沙
三月的雨丝
四月的杨絮
五月的落樱
秋天的叶片
冬天的雪花
剩余的时光
它白天像太阳
闭着眼想着兔子和鱼儿
夜晚像月亮
很久都不逮老鼠
只想小姐姐

其实很简单

诗性搭建
世界因而奇妙
因而无穷尽探索
看亿万千百错落有致
亿亿万万错综里
一个人仅获立锥之地
羽毛掠过时
不带走一粒小水滴
小情小调的抒发
并不能解除围困
现在有人提出：
“不必有性别，阴阳同样存在”
直指男人没必要存在
说这话的是男人
不知其居心何在
反正男人们肯定不乐意
男诗人借机抒发一下正义吧
倘若女诗人幸灾乐祸
世界会很无趣
万一宇宙之王是男的
指点一键清零
看把你嘚瑟
问：
“此科学是男人研究出来的，活腻了吗？”
问：
“科研成果所得钱怎么花”

女人们都不高兴
诗就很简单
烦谁了
不让谁入诗即可
烦谁了
就把那谁写进诗里

幸福时光

时光繁华
幸福指数攀升
孩子们传递三代血缘
遇到危险可寻求技巧
有人拜长者
有人拜草木
有人拜石像
老人们不再贪睡
起大早出门
遛鸟遛狗抢座位抢打折商品
偶尔目光炯炯
以获取青年人高看一眼
女人们调教男人未果
转而化用诗行
叙写绝世恋情
同步钻研驻颜术
偶尔折枝点水
点亮山河之美
男人们读诗看娃刷碗扫二维码
研究经文
顺带调制美食
顺带想往
并确认“孤独真他娘的伟大无比！”
有一点是共同的
男人和女人
热烈讨论

并筹备儿女婚事时
前所未有地默契
两个原本疏离的男女
终于迎来交好的一次同框
局外人盛赞添酒加油
将时间熬制黏稠

我们的善良

那些个才华
与修为
根本不值一提
它们只是时间
落入凡间九成的相似
现在敢不敢很自豪地
呈现
我们的善良
这原本用以平衡时间的
人人皆有的
百分之五十的
上天赋于的
物什
不知从什么时候起
变作笑谈
变作越来越小的比值
直至它作为稀缺事物
被偶遇
被视为可望不可即
甚至学习的榜样
隐约感觉
虚空的那根擎天柱略微倾斜
事实上我们
只需自身这百分之五十就足够
稳定自己
亦可稳住世界

礁石

听海长大
见证每一朵花都有一段传说
万年老龟搅起的头浪
甩到崖顶就没再下去
后来的都是观光人
前赴后涌的浪花
看着像诗
看着不是诗
别在发髻上的
从未见灵动
倘若解开
顺着溪流带入大海
柔水走过跌宕起伏的一生
终堆聚成万般石头
睹为先人
或仙人
坐看起起落落的人间

尘埃是宇宙之王

有序而又
无序地
布局各种阵营
或者说：
“微尘一直占据世界！”
潜入流动之水
一沙一世界
一尘一伟岸
多少目光越过昼夜相伴之尘
满世界拼了命
去寻找
去投靠心中的王
而后叹一声：
空——！

恰好而已

谨记我们都是
恰好被收容在同一个大盒子里的
孤子
并非约定的伙伴

虚空有人

它拿着本子
昼夜记录
万物苍生
不需要挤破脑袋证明
自己是谁
更不需要把自己变成谁

不然我还能怎样

有时候会遇上对我袭击之人
也会遇见我不解之人
在超市
身边七旬老妪
莫名地挥手向我呼过来
我一愣
瞬间敏捷躲开
并冲她歪着脑袋一乐：
“姐姐你好美！”
然后走开
不然我还能怎样呢

我身后两个男人吵架
关于插队的事越吵越凶
听得出这是一场误会
他们显然停不下来
重复的言语
重复嚷嚷
声音越来越高亢
不见输赢
从不爱搭理此类事件的我
竟然抬手
分别拍了他俩：
“你俩排我前边吧，我不赶时间。”
瞬间他们止声
紧接着齐声对我说“谢谢！不用了！”

走在路上
突然诗性大发
赶紧对着手机一通语音记录
回屋忙完时准备整理诗文
看到自己留言的是一堆凌乱的文字
偏偏我又想不起来
当时灵感缘何
灌进话筒的可能是路上的杂音
对着乱文一乐
不然我还能怎样呢

我们对生活有诸多误解

品通心莲
饮拌糖咖啡
但其实苦味入肺又练胆
糖是诱惑
没有是个期盼
少了便有怨言
多了浑身都不安

女人需要秀场
用来倒出煮熟的水
再从颈间抽出树叶
茶客们拍手叫好
仿若幼童无忌
这真不是轻浮之举
他们只是被烟尘熏呛太久

低耗能

静下来
宛若闭上眼睛
世界进入同一模式
要么黑
要么比黑更黑
穿越一段路程
途经心上天堂
星光在寂静中闪烁
但凡能出声的事物
都呈沉降状态
此刻静
是世界上
唯一值得信赖的

圆

用心画个图
证明食到七分饱
睡到自然醒
心情便是圆的
倘若心情偏向椭圆
不如离开原地
就会发现自己
是被时间夹出来
比点还小的
自成世界上最小的圆

虚空行

一加一大于二
也等于一
也等于零
或其他
从一滴水开始
到亿万江河都是桥
从一株草到崇山峻岭都是绳索
太阳和月亮
是两根拐杖
眼前到远方
从低处
到漫无天际
倘若不再自命不凡
不再夸夸其谈
尽可品饮独自行走的美妙
聆听脚步敲击道路
最撩拨人心的
莫过于
软鞋底叩击地面发出的
无声之声
结伴也好
独行也罢
走着走着
都会隐入虚空

混搭之美

草酸隐匿青芽
美味留于齿间
春分裹紧雨季
白骨埋在青山
悠悠一股风
为时光找平
清明有时在三月
有时在二月
有时在远方
朗朗的诵经声像溶液
正在化解沉浮之疼
一场大戏在虔诚中铺呈
道长念佛经
并无戏谑仿效
反而有混搭之美
“女人藏在猫的后眼”有多种注解
（此处可忽略，也算混搭）
猫的哀嚎必会引发邻人好奇
无处安放的善心
某刻有了着落
书声稀释于钟声
如此勾兑
似有淡然之韵
也可能是虚无之流淌
背对时间
翻页交给风

有人腾出手
急赶着抄袭人生
一旦最美的人死去
次美就危险

蠢蠢欲动

已是子时了
谈到诗的时候他说：
有时是花朵
有时是女孩
是萤火虫
也是守帐篷的老头
还须得是紧绷的月夜
介于表述与幻境
忽略将要破碎的露水
粉红色夜话
适合醒着
呵呵……
他说得头头是道
真想把那该死的月亮揪下来

你排遣寂寞的方式

日头在上
影子相随
你时不时
踢着它
踩着它
甩着它
拖着它

你走且走吧

包括你做过的
和将做的一切
不必在意别人是否明白
除了身居高位布道天宇的那位
就剩你自己
这世上再不会有人
真正理解你
因而你也不必以为谁缺了你

除了和自己约定

雪的绳索断开时
若你还是当年那样蜷缩
习惯被雪捆绑
忘却你也有翅膀也可以舒展
多少年了
目光亦早该穿透
看每一场雪
掩盖多少不堪
世间种种
风花雪月只是诗的飘忽注脚
往事凋零
滴水不必担忧孕育
任世事流转
任姿势涨落
别顶着一场雪掩盖征途
更何况
你是一个人
而不仅仅是一个男人
或女人

雾

悬崖边上
流浪之水
将是一场胜过烟花的
升
与落

信仰

一种是臣服
另一种是说服自己臣服

天气

闰二月有极佳机会
先收割盛放之花
再收割理论高手
譬如借花的名义谈论爱情的人
雨水
阳光
和雾气
都是道具

（以上写于 2020 年至 2023 年）

第十辑：截取时间有效的部分

——便于阅读的分行

时间不同

现在是现在
那时是那时
同一种草根
现在浅尝
然后道出极尽深刻滋味
只是信手拈来
品尝草本苦涩酸甜
从而获得时间变迁
光阴之代沟
及喜悦
及向阳时长
及土壤
及豪迈
不像那时候
草根用来充饥
且以童年之心分辨
与挖掘
现在想来
运气还好
毕竟我由此跨越两个大时代
滋生好奇心
2023 年夏天之前
我拿锅碗瓢盆里的食物打比方
自此以后
我则以道路
翻过来

倒过去
为时间注脚

夜

此刻置身无边夜色
宁愿遐想云上看不见的星子
也不要忧患栅栏外的犬吠

古物不可窥探

读史的人
把自己读成了书中人
面对自己的未来还是未知
后来反而是
古墓探究有人研究了
未来有几种可能

无须仪式的去去来来

第一次真正意义上的
告别
是和日子里的一些人

先生一场突如其来的重症
确诊当天
我参加同学聚会
见一位从欧洲归来的医学博士
那场聚会同学们为他接风
正巧我咨询关于先生的疾病
与治疗
与护理
感谢老同学非常关切细致的讲解
然后中场
我买了单没有告别就
悄然离开
我得回去照顾先生和家
至今整二十四年
那一次离开
及后来
分几拨
我离开了顺时针相遇相处相识相知
的那些人
没有感觉好
也没有感觉不好
只因某个节点

只因自然而然
只因有时候
真的无须告别仪式

就医归来
给先生买了电脑
为了进一步照顾他
调节他的情绪
与兴趣
岂料他很快投入工作
且心情愉快
重大恶疾就如一次小死亡
然后重生
有着对人世的无比感恩
也有着被亲人关照的幸福
上天怜他
与人世情缘未尽
电脑顺理成章归我
真像诗行中的某个跳跃
既符合时间
也符合我的生命脉络
还符合情感兴趣
等选项

真奇妙
天涯咫尺
我竟以虚拟的方式
结交了许多人
有科学家
有援藏检查官
有攀冰人

有森林探寻人
有兜售减肥药的诗人
被我劝回去投案自首的年轻人
后来结婚生子给我报喜
跟妈妈打架离家出走的小屁孩
与我交流之后回家挽着妈妈去买红色康乃馨
且在母亲节上网来喊我“月亮妈妈”
老山战场归来的英雄
是一位了不起的写手
参加备考的中学生
至今新浪博客主页还留着唯一帖子
是他考上大学后写给我的一首诗
而我则是很久以后偶然看到
那孩子留给我的“谢谢”
还有实验室求学的年轻人
大西北的冬天
他说“南方的姐姐是暖心的时钟”
提醒着实验时间
有我喊了几年的哥哥
却原来是个年轻女孩
至今我满怀感激
她那么多年照顾我的心情
当年那位煤矿人
因一时半会离不开矿区
把自己网络的帐号密码交给我
让我帮他找到了逃学的儿子
还有陷在青春期困扰的年轻人
二十多年过去
逢年过节总会拨来电话
娜娜寄来亲自熬制的阿胶糖
然宝宝为我缝制了羽绒裤

阿峰寄来好大一箱桃
小磊说：
“喊你老姐，喊她们大姐。”
七零后的惠子
总是对我笑得像个傻丫头
真不好意思
还有好多人
我至今记得他们
却忘了名字
无尽的感动
话多字少
就是诗
当年不管我到哪个网站平台
她们和他们一旦知道
就会注册
只为给我点赞

他们的年龄跨度很大
十七岁
到八十七岁区间
每个从我生命经过的人
都是我的一首诗
时间之所以是个感性之词
只因遇见感动之人
我和他们
迎面而来
为彼此停留
继而向前

新伙伴

被感动的
还有稻草人
和小蘑菇
2008年冬天
冰雪纵横
大地告急：南方零下！
零下！零下！零下！
尘世需要温暖
如若不能
就来个灵魂自热吧
稻草人和小蘑菇
都不会说话
却有难以描述的生动
我着魔般收集
并为之取名
以此编导剧情
仿若指挥千军万马
千军万马也带我开疆拓土
便有了
属于我的快意江湖
稻草人和小蘑菇
把言语帖附我
由我代言

遇见诗

预见你正在来的路上
已备好长纸
透明似水
水滴穿过指间
如若跃过我
下一个路口还有人等你
或者我先行一步
你在此等她

越老越佛性

睡眠减少梦就少了
尚可揪着自己的尾巴
促狭间穿越
告别浓稠天色
从黄昏回到清晨
清晨何其明亮
清晨何其纯真
收拢所有心思
取九个名字
猫一样活着
无须挺起硬骨头
终日只练平衡术
将越来越柔韧的小骨节
可攀，可跃，可弓
落下时轻盈无声

像一首诗

道出秘密的时候
她意犹未尽
有隐喻
有隐忧
有阐述也有删减
可见她的隐忍
说到紧要部分
她使劲跳一下眼皮以示默契
至于省略的部分
她说保密
其实这个秘密在说出来之前
已经不算秘密
从内部撑开
某种呈现是裸露的
按捺不住的美感
在言语间跳跃

拾

对于热爱的人
时间毫无办法
任之将风吹散的事物
换个地儿
重又碎片般拾起

疑似

从古至今
圣人在时间里的留言
表明我们所在的时空疑似个牢房
人间是被上天眷顾的小单间

经典如药

像早期的治疗药
让患病的人眼含希翼之光
叠加病痛之沼泽
那些经典之言
且被时间抬升价位
而它们的药性
偶尔也被一个人的新想法冲淡
——甚至取代

诗人

在我忘我
把自己扎进流风
或水
而不是游离

戒

这些年，我爱过的
草木，飞虫，游鱼
一切有姓氏无姓氏之物
都在一本手账里修行
成魔之前
有作为君药，有作为引子
被写入处方
剩下的填补腹内空虚
空虚是一种病，吃什么都会吃掉命
佛说戒，戒药便是戒病
如来，凡根未净
如去，星空点灯
经文充饥
面西，朝十万亿佛土

旅人

走他山他水，就三步之遥
途中暗藏诱惑
路边茶叙，凉亭设局的人
赚取诸多秘密
水草间，是去年掉落的鸟鸣
荻芦经霜，雨季逆行
无楫之舟在水面打转
老照片显影
被收编的桃红开始泛黄
经银杏大道，会看见
那些潜入水涧，或云深处
的鱼阵，的鸟群
念着“菩提，菩提”
就被看不见身影的风赶回地面

守望

裹着梦的豹纹
与闪电交叉
想必是南山之磁划过
深阔水面撒下蛊惑之网
闭目之浮萍托举风月断崖
谁历遍人间修辞沉入湖底洗尽铅华
谁动用莲花真气一次次摒弃水系律法
在长短句中耗尽魔力
终将溺水之月捞出
唯留影子静趴水底
疗切肤之疼
如十里水塘的泅渡人
安于天命

风中的石头

假如能在这山谷坐化
我愿做回
那枚女娲遗漏的石头
那一世，我幽居山中
等途经的道人
将我周身刻满经文与年轮
或是等，叮当摇过
十万朵积雨云
被点化成一座莲花圣殿
盘腿坐定北坡，放下木鱼
一点儿，一点儿
抚过皮肤上的神迹

我们

发过誓
余生上下同进共退
现在心里都不相信了吗
时候未到
草木节节攀升
“跳起来，能不能吃到天空的果子”
不需要第三个人扛着梯子走过来

正是雨季
尘世如潮席卷风雷
需要渡过爱的荆棘
才能打通所有逻辑
摘不到的部分交给我
阻断的道路
可分头延展
“我们就要回到快意恩仇的年代了”

积德

别逼迫孩子做大人的事
别逼迫孩子强行打开天眼
别叫孩子写成年人的诗
幼年试图穿透虚空
往往会跌入深渊

平衡

一生的觉悟是注定的
倘若早年开悟
注定英年折翅

第四类人

一半人怀想天空
一半人收割大地
一半人沉入水底探究
剩下那一半人向往另一半人

热爱的蝴蝶

突然掀起飓风
有人因赞美翻飞而死亡
且不壮观
且不其所
且不死于蝴蝶又蝴蝶般醒来
且在被席卷之后
化作尘埃随风飘舞

忍

被螃蟹咬着
千万不能狂跳狂叫
更别反击
最好把自己装成静物
它感到无趣自然会松手

因为

有人因厌世而获得星辰
有人因热爱而获得
发现秘密的人
则因目光
或奇怪的想法

时间二三节

（一）

我们既是时间的宠儿
也是光阴的结节

（二）

和佛之间
尚留一线护我周全的距离

（三）

看那夕阳下的麦地
牵牛的老头
将曾经耕耘的老牛
放任踩踏快要收成的麦地

第十一辑：再启程

2023年夏天（长篇组诗）

（一）

只见长椅上
坐着一位陌生人
像过客
也似归人

曾约定
第十三场秋风的
落日前
第一枚落叶为证
各执一页行走记
回到金色池塘边
坐定长椅
背影留给夏天

但现在
阳光
和微风
比原定的时间慢半步
走过十三年零九月
斜逸入镜的
是陌生而苍凉的背影
时间在一截流水前打转

（二）

七月的阳光

竟有意外寒芒
它形成旋涡在路中央
多余部分
堵在两头

昨夜之月尚未离去
只有它
还把我当个孩子一路陪护
我得静心准备
重返五月

（三）
一旦静下来
就听见
原来月亮是个读书人
借由太阳之光
把自己发挥到极致
不同的年月日
不同时辰
不同站位
谁都可以看到一个不同的月亮
正在默诵人间
而我刚好是那个
不爱读书的人
正在尘世打磨耳力

（四）
五月之末
月光刚好
只须陪伴
无须照耀

作为旁观者
星子们作证
风暴是时间捋出来的
此刻我正顺着漫上来的流水
漂出围困

（五）
离开时我不曾拆卸长椅
道路是个圆圈
走久了
可能还须在此坐下来
也可能是别人

我也不曾挥别
这世上唯一不需要告别之人
已承载了人间所有的
离愁
月请珍重

（六）
尚且心有疑惑
尚且心有怨气
纵然膝下黄金散尽
脸颊上的红晕褪色
倘若深山遗失木质手
再也燃不起佛前的那盏灯
倘若苦苦求佛
总也不见招之如来
却见太阳滑落
星辰擦掉世间本色
灰暗的人

倒不如西行
去敦煌
一个生而传奇的辽阔之地

（七）
如廿年前
凌晨三点等风来
后来被许多人效仿
特别是那一夜
有人劫走风向
我则离开窗口

2023 年夏天
我改道
去饮一钵西风
没想到
一个又一个
看似荒茫之境
后来我竟满怀抱而归

（八）
个人的流浪很小众
倘若传播成行为艺术
必有大大小小的陷阱
等在一条怅惘的路上

光揭开盖子就够呛
更别说掉下去
还不确定什么时候掉下去

盖子可能自然打开

也可能被打开

至于第三种可能
前面的流浪汉摆弄着不请自来的鲜花
与荆棘
后来者
在月高风黑之夜
盗走了伪饰物

（九）
不如学骆驼刺
长驻荒漠听风
偶尔盼来雨声
唤醒我
或者一再唤醒我
总会有驮着岁月行走的人路过
看我一眼
又看我一眼
俯视的眼睛里
满含慈悲

（十）
遇到嚼咽荆棘的人
叫我不免从骆骆后背正视
难道它凸起来的
凹下去的
都是时间之牙啃出来的吗
如若你必在荆棘丛生的险境中咀嚼生咽
那我就在时间里
给你输送
在互为求生中磨砺

你练就一口好牙一条好通道
我练就无尽衍生的气数

（十一）
如此多的佛像
缘于怀想
“有多少沙粒，
就有多少上天撒下的子儿。”
千子变千佛
有几多佛像
就有几多圣明暗访人间
在敦煌
辽阔与绘制
皆为呈现

（十二）
西行路上
我震惊于那些草木
竟然死活都像
真正的人

若说偶遇
倒不如说是千里追踪
赶上眼前这棵树

从未见过
一棵树如此沧桑
似乎它汲取了天地间全部的养分
才成为不老的长者
在风沙中打坐

随即我也在不远处
坐成一株小草
时间将一棵树养成智者
也会将我养大
至少让我怀有不惧之心

当风沙穿过
有个声音提示我：
“扎根哟！”

（十三）

与胡杨亲近
缘于我对它内部的好奇
它是我西行必见之树
也是这趟旅程
所见的第二棵智勇之树
条裂状的躯体
怎么也看不出
它所汲取
与蓄能
但凭传说
我来到它身边
以环抱之心
贴紧它
聆听体内的水声

（十四）

遇见壁上九色鹿
自然会明白
前世与来生
都是境像

悉达多设定自己的前身
今生注定回归林间
于一株树下
聆听慈悲之声
以无声之声
采集了世间难以照耀之光
洒向人间

（十五）
西风中行走
分为几个步骤
启程
跋涉
预见与遇见
扎根与采集
时而擦亮眼睛
时而聆听
迂回与深究
可愈走愈远
记得回来哟

（十六）
西风再烈
也有永不抹灭的身影
玄奘决然西行
又毅然东归
行囊里装满了光
为时间添了浓厚一笔
大雁塔是个见证
今日也见证
只要时间还在

无须赘述
2023 年 5 月在敦煌
我面西合掌一拜
继而转身向东
深鞠一躬

（十七）
还来不及扎根
就被吹到峡谷上空
见证风暴在大地的伤口
旋转着轮剐
看那血
流着干了
干了又淌
历经无尽的撕裂
大地在这里造血
从未停息

（十八）
只见一个有年代的土墩
在风中静默
此行真的幸运
原以为我只是一枚草芥
而时间厚待
赠我健行之足
教我日行千里
求见时间的智勇者

请受我一拜
再接受我深情拥抱
顺着你

找回一些
弥补我缺失的时光
你是我见过的
不因时间而萎缩
支起尘世骨气的孤勇者

目光越过屹立不倒之巨尘
向西北方向眺望
两眼分明同时看到了四季
风
雨
雪
和静

（十九）
这关隘上空
再度笼罩祥云
今日我寻迹而来
一关二关三四关
一草一木
一燧
一墩
一堡
一城
一青牛
列队守护
虚线勾勒的人形在时空中
迸发同一声气息
雄关在此！——

（廿）

西风温婉
我已嵌入五月
把一条路搬到纸上
今后想怎么走
就怎么走
此刻我以一行诗为转折
没想到
竟会在寂静中
见到一场千年战事穿越而来
我或因人潮涌动而撞入时光遂道
若说世间裂缝是为留待填补
这一刻在秦俑面前
我目睹他们用肉躯缝补时光
缝合了华夏大地
后来我曾怀疑这一刻
心是否漏跳
为复活之忠魂
也为我的到来
共抚伤口

（廿一）

潼关福地
像一个人承载时间底蕴
正颐养天年
试想一下
这世上谁配拥有绵延不绝的年寿
正是每一个时间隘口
在告诉世人
不历经世间险恶
哪得人间安宁

行至大雁塔脚下
见证时间的古韵
和时尚的音符正在唱和
这个五月
十三朝古都
正以一场盛世之宴
款待八方宾客
场面在升温

（廿二）
热情以流光之势蔓延
古都五月
舞动的广袖
竟带动一座城
及它的天空旋转
远道而来的宾客
为这场盛宴所折服
这世上任何其他顶级 T 台
任何超级时装模特
也走不出
如此旋风流韵
从时间深处徐徐拂来
主旋律唱响
唐诗唱响
玄奘之声诵着和曲
时间在双向循环
此时此刻
任谁目睹这场盛事
都会将自己
抉身入场

醉美是汉服

（廿三）

时光适合畅游
也适合钟情
在一块碑石前
诵读《洛神赋》
深感窈窕淑女乃君子之好逑
深感美好之神境乃心之所向
从七月退出
翻越山水
也翻阅贝壳
倘若这世上
有女子三百六十度无瑕疵
妇好便是
最好的人在世平衡
文武双修
内外兼德
只钟情一个男人
为他守护江山
关于她的寿命
可理解为
在尘世已完的使命
会在时间里裂变成许多个好妇人

（廿四）

炎热的夏天
也是有趣的夏天
行走路上
每抹一把汗水
便诅咒一声不敢正视的太阳

绕过广场
不忘疾速绕开玻璃
特别是避开两个尖锐之人
玻璃里逼视自己的那个人
及玻璃中的太阳

赞美白云
却满身心盼着乌云飞来，
徘徊水边
却不敢正视如镜的水面

越来越多的人
试图养一枚清凉静心
也有越来越多的人竖起耳朵
在路口等待滚烫的
潮流之声

在天空
与一张纸之间
一场豪雨下在
大暑之日

更有甚者
明明走直线
汗水浇灌的长路
却绕回原点

（廿五）

太阳晒着孩子屁股
除了奔跑还会变直

太阳晒着老人后背
除了薄凉还会弯曲
太阳晒着玻璃
透明得可以照见另一个太阳
屋里可能是懒洋洋的静态
屋外动态近乎于逃
脚步匆匆
故作看不见
太阳晒着某人
相伴的影子消失了
这沮丧不亚于一个人想过北京
却没来过
2023 年夏天的北京
太阳晒过星星
为见证这个冲破眼界的瞬间
我及时回到起点

（廿六）

池塘边的长椅
原本为约定
关于时间的剪影
与背影
而半步之遥竟未抵达
显然七月未老
寂然的长椅
且作时间截句

（廿七）

能收容道路的盒子
只有时间
七月长椅边的一池微澜

已接近神韵
有水滴化作流云
在头顶遮挡烈日
一切刚好
诗行中走失的两个月零四天
若我不说
一滴水
一朵云
一缕西风
一枚影子
半个月亮
一个圆的最后半步
就连落在长椅上的一页
都会替我记录

后记
再次站在这里
真切感到
我哪儿也没去过
脚没感觉酸疼
我也没觉得疲乏
甚至较之七月及以前
我焕然一新
似乎只是又获得一次唤醒
与时间
与道路
与世间种种
甚至与我
皆无关

（这组起笔写于 2023 年 7 月，完稿于当年 9 月，共二十八个序列章节）

2024 年元旦献诗

日光朗朗
鸟鸣啾啾
远道而来的少年
走进 2023 年十月北京
我亮闪闪的祖国
正张开胸怀拥抱
一路跑来的少年
我的祖国
启动时间崭新的齿轮
正提速一条明亮亮的大道
与另一条隐形之道并行
通向八八六十四方
无论等候在哪一站
先来后到皆适宜
偌大之道
八十亿地球少年
统统来呀!